웹소설 작가를 위한 장르 가이드 3

미스터리

웹소설 작가를 위한
장르 가이드 ❸

Mystery
미스터리

김봉석 · 이상민 지음

북바이북

웹소설이라는 낯선 단어가 눈에 띄기 시작한 것은 2010년 이후였다. 웹툰이 먼저 있었다. 인터넷으로 볼 수 있는 만화인 웹툰이 점차 가시적인 성과를 보이면서 강풀과 조석 등 대형 스타 작가도 등장하고, 윤태호의 〈미생〉이 단행본 만화로 출판되어 200만 부를 넘어서고 드라마로도 성공을 거두었다. 인터넷에서 사람의 관심을 끌기 위해 시작된 웹툰이 대중문화의 중심으로 우뚝 선 것이다. 웹소설은 웹툰이 걸었던 길을 따라간다고 볼 수도 있다.

그러나 이미 인터넷 소설이 있었다. 1990년대, 인터넷이 활성화되기 이전 PC통신 게시판에 올린 소설이 인기를 끌었다. 이영도의 『드래곤 라자』와 이우혁의 『퇴마록』을 비롯해 유머 게시판에 올라온 『엽기적인 그녀』와 귀여니의 『늑대의 유혹』 등도 화제였다. 수많은 네티즌이 열광하며 읽었던 인터넷 소설은 책으로 출간되어 수십만, 수백만 부가 팔려나갔다. 『퇴마록』과 『늑대의 유혹』 등은 영화로 만들어졌고, 『엽기적인 그녀』는 한국만이 아니라 할리우드와 중국에서도 영화화되는 등 엄청난 인기를 끌었다. 인터넷 소설의 대중적 인기는 얼마 가지 못해 사그러들었지만, 마니아들은 여전히 남아 있었다.

독자는 언제나 재미있는 이야기를 갈구한다. 최근 조사에 따르면 출판시장에서 국내소설보다는 외국소설이 훨씬 많이 팔리고 있다. 국내소설을 고르는 기준이 작가인 것에 비해, 외국소설은 재미있는 이야기였다. 국내소설은 여전히 순문학이 주도하며, 문장력과 주제의식이 중요하다고 생각한다. 그래서 흥미롭고 즐거운 이야기를 찾는 독자들은 외국소설을 읽게 된다. 베르나르 베르베르, 무라카미 하루키, 히가시노 게이고…

인터넷 소설이 인기를 끌었던 것도, 당시의 젊은 층에게 어필할 수 있는 이야기와 정서를 가지고 있었기 때문이다. 한때 일본에서도 인터넷 소설, 일본판 웹소설이라 할 게타이(휴대폰) 소설이 한참 인기였다. 『연공』, 『붉은 실』 등이 대표적이다. 일본에서 게타이 소설이 젊은 층에게 인기를 끄는 이유는 이랬다. 장르의 애호가가 직접 소설을 쓴다, 연령대가 비슷하여 작가와 독자의 거리가 가깝다, 실시간으로 반응이 오가며 작품에 반영된다, 철저하게 엔터테인먼트 지향이다. 인터넷 소설이 인기 있었던 이유도 비슷했고, 지금 인터넷 소설의 적자라 할 웹소설도 마찬가지다. 과거에는 주로 컴퓨터로 보던 것이 모바일로 바뀌면서 웹소설이라고 이름만 바뀐 것이다.

지금은 '스낵 컬처snack culture'라는 말이 유행이고, 잠깐 즐겁게 소비할 수 있는 문화와 오락이 대세가 되고 있다. 그런 점에서 웹소설은 웹툰보다도 간단하고 용이하게 소비될 수 있는 장르다. 이야기도 필요하지만 그림이 필수적인 웹툰과 비교한다면 웹소설은 진입장벽이 더욱 낮다. 그래서 더 많은 작가가 뛰어들 수 있고 다양한 이야기가 빨리 많이 만들어질 수 있다.

이미 네이버웹소설을 비롯하여 조아라, 문피아, 북팔, 카카오페이지 등 주요 플랫폼에서는 엄청난 양의 웹소설이 올라오고 있다. 네이버웹소설이 공모전을 하면 장르별로 4, 5천 개의 작품이 들어온다. 그만큼의 예비 작가가 있는 것이다. 모 플랫폼의 경우 한 달에 천만 원 이상의 수익을 올리는 작가가 30명이 넘어간다고 한다. 네이버는 그보다 많을 것으로 추정된다. 기존 문단에서 창작으로만 이 정도의 수익을 올리는 작가는 열 손가락으로 꼽을 정도다.

과거의 인터넷 소설이 유명무실해진 것은, 작가가 수익을 올릴 수 있는 방법이 종이책밖에 없었기 때문이다. 인터넷 소설을 게시판에 올려도 수익이 없기에 안정적으로 창작을 할 수 없었다. 하지만 지금은 웹툰이 닦아놓은 기반 위에서 웹소설도 유료화 정책이 가능해졌다. 인기를 얻는 만큼 수익도 많아진다. 웹소설이 아직까지 대중적으로 유명해졌다고 말하기는 힘들지만 산업적으로 자리를 잡아가고 있는 것은 분명하다. 그리고 젊은 층을 중심으로 점점 인기가 높아지고 있다. 종이책으로 따지면, 대중적으로 인지도는 약하지만 라이트 노벨의 판매가 일반 소설에 못지않은 것과 비슷하다.

웹소설은 한창 성장 중이고, 여전히 작가가 필요하다. 하지만 뛰어난 작가의 수는 절대적으로 부족하다. 웹소설을 지속적으로 소비하는 마니아만이 아니라 일반 소설을 읽는 독자의 마음도 사로잡을 정도의 작품을 내는 작가는 많지 않다. 그렇기에 지금 웹소설 작가에 도전한다면 그만큼 성공의 기회도 많다고 할 수 있다.

형식으로만 본다면 웹소설은 대중적인 장르소설이라고 할 수 있다. 로맨스, 판타지, 무협, SF, 미스터리, 호러 등 장르적인 공식을 이용하여 만들어지는 다양한 이야기를 말한다. 소설과 영화에서 장르가 만들어진 것은 대중의 선택을 쉽게 하기 위해서였다. 각자 자신이 선호하는 장르를 찾아내면 지속적으로 즐기게 된다. 마찬가지로 일본의 라이트 노벨에도 모든 장르가 포함된다. 인기 있는 장르는 로맨틱 코미디, 어반 판타지urban fantasy, 스페이스 오페라space opera, 청

춘 미스터리, 전기 호러 등이다. 서구의 할리퀸 소설이 판타지와 결합하고 팬픽이 더해지면서 확장된 영 어덜트_{young adult} 역시 수많은 장르를 포괄한다.

그러니 웹소설을 쓰겠다고 생각한다면 일단 장르에 대해 고민해볼 필요가 있다. 내가 어떤 장르를 가장 좋아하는지, 어떤 장르를 가장 잘 쓸 수 있는지… 보통은 내가 좋아하는 장르를 쓰는 것이 제일 수월한 길이다. 내가 보고 싶은 작품을 내가 쓰는 것. 그러기 위해서는 내가 많이 읽어왔다고 해도, 장르에 대해 조금 더 자세하게 알 필요가 있다. 판타지라고 썼는데 독자가 보기에 전혀 다른 설정과 구성이라면, 작품의 완성도와 상관없이 욕을 먹는 경우도 생긴다. 한 장르의 마니아는 선호하는 유형이나 장르 공식이 있는 경우가 많기 때문이다.

'웹소설 작가를 위한 장르 가이드'는 웹소설 작가를 지망하는 사람들을 위해서 기획된 시리즈다. 시작은 KT&G 상상마당에서 진행된 웹소설 작가 지망생을 위한 강의였다. 이전에도 소설 창작 강의는 많이 있지만 의외로 장르에 대해 알려주는 과정은 거의 없었다. 대부분 소재를 찾는 방식, 문장력을 키우는 법, 주제의식 등에 대한 강의였다. 그러나 장르를 쓰기 위해서는 지식도 필요하고, 테크닉도 필요하다. 미스터리를 쓰려면, 일단 미스터리가 무엇인지 알아야 한다. 고전적인 미스터리는 무엇이고, 어떤 하위장르로 분화되었고, 지금은 어떤 장르가 인기를 얻고 있는지 등. 또 로맨스를 쓰려면 로맨스는 어떻게 시작되었고, 할리퀸 로맨스란 대체 무엇인지 등을 기본적으로 알아야 한다. 자신의 일상을 담은 소설이나 장르에 구애받지 않고 대하소설을 쓰는 것도 얼마든지 가능하지만 하나의 장르에 기반하여 혹은 복합적인 장르를 활용하여 소설을 쓰고 싶다면 우선 장르에 대해 알아야 한다. 또한 오늘날에는 로맨스 장르만 하더라도 설정에 타임 슬립이나 판타지가 끼어드는 등 장르가 결합되는 경우도 점점 많아지고 있다.

웹소설은 대중적인 소설이고, 재미있는 소설이다. 재미있는 이야기를 만들어내고, 독자가 원하는 캐릭터가 마음껏 움직이는 소설이라고나 할까. 엔터테인먼트를 내세우는 소설이라면 가장 먼저 독자의 기호와 취향 그리고 만족이 앞서야 한다. 그 다음이 작품성이다. 주로 킬링 타임이지만 가끔은 지대한 감동을 주거나 깨달음을 주는 작품이 나오기도 한다. 그렇게 장르는 발전한다. 아직은 웹소설이 변방에 머물러 있지만 점점 더 중심으로 다가올 것이다. 그러기 위해서는 더 많은 작가와 작품만이 아니라 더 뛰어난 작가와 작품이 필요하다. 당신이 필요한 이유다.

김봉석

차례

1

미스터리란
무엇인가

사건이 일어나고 탐정이 사건을 해결하는 형식의 소설을 서구에서는 디텍티브 스토리detective story라고 불렀다. 직역한다면 탐정소설이 된다. 이후에 미스터리mystery와 크라임 노블crime novel이 주로 쓰이게 되었다. 미스터리는 말 그대로 수수께끼를 풀어가는 것을 뜻한다. 살인이나 절도 등의 사건이 일어났는데 보통의 상식이나 수사로는 해결하기 어려운 수수께끼—시체가 발견되고 타살이 분명해 보이지만 밀실 상태라던가, 죽기 전에 다잉 메시지를 남겼는데 대체 무슨 의미인지 알 수 없는 등—가 담겨 있다. 이런 난해한 사건을 풀어내기 위해 탐정이 등장하여 단서를 모으고 수수께끼를 풀어가는 소설을 미스터리라고 한다. 디텍티브 스토리, 미스터리가 일본에 넘어가면서 추리소설이라는 명칭이 붙게 되었다. 논리적으로 사건을 풀어가는 이야기를 추리소설이라고 할 수 있다.

본격 추리와 사회파 추리

추리소설이란 무엇인가. 일단 순수주의자의 입장이 있다. '본격'이라 부르기도 한다. 범죄가 일어나면 탐정이 등장하고, 철저하게 논리적인 추론에 의하여 이야기가 전개된다. 고전 추리에 속하는 애거서 크리스티의 소설을 생각해보자. 사건이 벌어지고 나면 탐정인 포와로가 등장한다. 경찰들은 제대로 방향을 잡지 못하고 발견한 단서도 해석하지 못한다. 회색 뇌세포를 자랑하는 포와로는 밝혀지는 단서를 논리적으로 재구성하며 합당한 해답을 제시한다.

본격에서 중요한 것은 논리적인 호기심이다. 상식적으로, 논리적으로 불가능한 상황이 제시되고, 불가해한 상황을 어떻게 논리적으로 재구성할 것인가가 중요한 문제가 된다. 예를 들어 밀실 추리에는 필연적으로 트릭이 존재하는데, 트릭을 고안한 것은 누구이며, 어떤 원리로 구성되어 있는가를 풀어가는 것이 탐정의 역할이다.

여기서 중요한 전제가 있다. 본격 추리는 철저하게 논리적인 게임으로 구성되어야 한다. 작가는 사건 해결에 필요한 단서를 독자에게 모두 알려줘야 하고, 독자는 탐정이 알아낸 단서를 추리하여 범인이 누구인지를 찾아낸다. 즉, 본격 추리는 독자와 작가의 게임, 승부라고도 볼 수 있다. 단서를 모두 주면서도 복합적인 해석의 여지를 만들거나, 선입견이나 편견을 이용하는 서술 추리 기법을 이용하여 독자를 속이는 등의 방법으로 독자와의 게임에서 승리하는 것이 목적이다. 멋지게 독자를 속이면, 마지막의 반전이나 기발한 트릭을 알게 되면 독자는 "속았다" 혹은 "생각도 못했다"라고 외치며 깨끗하게 승복한다. 뛰어난 추리소설이라고 인정한다.

작가와 독자가 공정한 게임을 하기 위해서는 몇 가지 전제가 필요하다. 반드시, 라고는 할 수 없지만 본격을 표방한 추리소설이라면 일종의 규칙이 된다.

범인은 반드시 초반에 등장한 사람이어야 한다. 한참 이야기가 전개되다가 후반에 등장한 인물이 범인이 되어서는 안 된다. 앞부분에서 용의자를 상정하며 시도한 추론들이 쓸데없는 것이 되기 때문이다. 또한, 탐정이나 탐정 역을 하는 인물이 사건을 수사하면서 얻는 정보와 단서들은 모두 독자에게 공개해야 한다. 독자에게 감추고 있던 단서로 범인을 밝혀내거나 반전을 만들어낸다면 그것 역시 반칙이다. 본격 추리에서는 철저하게 작가와 독자의 게임을 지켜나가려 한다. 추리소설의 본령은 순수한 두뇌유희에 있다고 보는 것이다.

반면, 일본에서 사회파 추리라고 부르는 추리소설들은 동기를 중요하게 생각한다. 본격 추리에서는 범인이 누구인지 미리 보여주는 경우가 거의 없다. 하지만 사회파 추리에서는 범인의 모습을 미리 보여주고, 범인의 심리를 차근차근 추적하는 경우도 많다. 그가 왜 범죄를 저지르게 되었는지를 파고들기 위해서는 그의 심리와 과거를 자세하게 드러내야 한다. 또한, 실제 사건 수사가 그렇듯이, 초반의 용의자가 아무런 혐의가 없다는 것이 밝혀지고 다시 새로운 용의자를 찾는 과정이 반복될 수도 있다. 새롭게 드러나는 단서가 새로운 방향과 용의자를 제시하는 것이다.

범죄의 동기에는 여러 가지가 있다. 단순히 돈과 치정에 의해 살인을 저지르기도 하지만 사소한 질투나 쾌락 혹은 사회적 복수를 꾀하는 경우도 있다. 사회파 추리는 왜 인간은 범죄를 저지르는가, 왜 인간이 만든 사회와 역사에서 범죄가 사라지지 않는가를 이야기하는 추리소설이라고 할 수 있다. 사회파 추리로서의 미스터리는 단지 트릭에 몰두하는 것이 아니라 사건을 해결해가면서 동기를 찾아내고, 왜 그런 범죄를 저지르게 되었는지 사회적·역사적 근원을 파헤치기도 한다.

일본에서는 사회파 추리가 인기를 끈 후에 다시 신본격의 시대가 돌아온다. 아야쓰지 유키토의 『십각관의 살인』이 신본격 추리소설을 선포한 작품이다. 육지에서 멀리 떨어진 외딴섬에 지어진 별장 십각관에 놀러간 대학생들이 하나둘 죽어가고 범인이 누구인지 추리를 한다. 애거서 크리스티의

『그리고 아무도 없었다』를 연상시키는 작품으로, 외부인이 들어올 수 없는 무인도나 다리, 도로가 끊어져 단절된 산장 등 클로즈드 서클closed circle이라고 부르는 닫힌 공간이 무대다. 클로즈드 서클에서는 외부의 사람이나 힘이 개입할 수 없기 때문에, 내부의 범인을 찾아내는 데 전력을 기울일 수 있다. 조건이 명확한 게임이 되는 것이다. 한정된 숫자의 사람이 있고, 하나둘 죽어가는 상황에서 남아 있는 누군가가 범인이다. 과연 독자는 결말이 드러나기 전에 추리를 통해서 범인을 밝혀낼 수 있을까. 신본격을 주창한 작가들은 아가사 크리스티와 반 다인 등의 고전 추리에 막대한 애정을 드러내며, 추리소설의 원점으로 돌아가려는 야심으로 신본격을 주장했다.

어딘가 이상한 상황과 인물

본격과 사회파 중에서 무엇이 맞는가, 무엇이 더 중요한가, 라는 질문을 할 수 있지만 결국은 작가의 의도에 달려 있다. 트릭과 수수께끼라는 것은 간단하게 말하면 미스터리를 구동하는 장치 같은 것이다. 아무런 의문이 없는 사건은 추리소설로서 기능하지 못한다. 범죄의 양상이 뭔가 기이하거나 주변 상황이 뒤틀려 있거나 범인의 정체와 동기가 모호하던가, 하여튼 뭔가 궁금하고 이상한 것이 도사리고 있어야 한다. 그래야만 독자가 이야기에 흥미를 느끼게 된다.

최초의 추리소설을 쓴 작가는 에드가 앨런 포로 평가된다. 포의 『모르그가의 살인 사건』과 『도둑맞은 편지』는 독자의 호기심을 자극한다. 『모르그가의 살인 사건』에서 범행이 벌어진 장소는 일종의 밀실이다. 건장한 남자가 죽인 것처럼 보이지만 그가 빠져나갈 방법은 없다. 논리적으로 불가능한 사건인 것이다. 하지만 시야를 돌려보자.

완벽한 밀실이 아니라 외부와 연결된 굴뚝이 있다. 그렇다면 굴뚝을 통해서 사람이 들어올 수 있을까? 없다. 하지만 다른 생물이라면? 인간보다 유연하고 힘도 센 고릴라라면? 만약 독으로 죽었다면, 물린 자국이 있다면 뱀을 생각할 수도 있을 것이다. 하지만 뱀을 굴뚝으로 넣어도 회수하기가 쉽지 않다. 뱀은 명령을 제대로 듣지 않으니까. 추론을 하다 보면 결국 답은 하나밖에 없다. 모든 불가능한 것을 제외하다 보면, 마지막으로 남는 답이 '설마'라고 의심이 가도 그게 정답이다.

포의 『도둑맞은 편지』는 사람들의 마음, 즉 심리를 파헤친다. 마술사가 사람들 앞에서 마술을 할 때 가장 중요한 테크닉은 미스디렉션misdirection이다. 관객의 눈을 다른 곳에 돌리게 하고, 그들이 보지 않는 곳에서 바꿔치기나 조작을 가하는 것. 『도둑맞은 편지』는 사라진 편지에 대해 이야기한다. 방 안에서 중요한 편지가 사라졌는데, 그것을 다른 곳이나 복잡한 장치를 이용하여 밖으로 빼돌릴 시간은 도저히 없었다. 그렇다면 방 안 어딘가에 남아 있어야만 하는데 아무리 뒤져봐도 없다. 도대체 편지는 어디에 있을까. 탐정은 간단하게 사건을 풀어낸다. 절대로 숨기지 않을 것이라고 다들 생각하는 곳에 있었다. 설마 이런 곳에 두었을 리가 없지, 라며 조사하는 사람들은 넘겨버린다. 상식의 허를 찌르는 것이다.

시체를 숨기는 가장 좋은 장소는 어디인가. 아무도 찾아가지 않을, 인적이 없는 깊은 산속. 하지만 우리는 알고 있다. 숲속에 유기한 시체를 들짐승이 파헤쳐 드러나는 경우가 많다는 것을. 또는 홍수가 나서 시체가 밖으로 쓸려나오기도 한다. 결코 안전하지 않다. 브라운 신부가 제시하는 가장 안전한 장소는 오히려 일상적으로 시체를 볼 수 있는 곳이다. 시체실이나 전쟁터. 수많은 시체가 널려 있는 곳에, 내가 죽인 누군가를 버려두어도 의심하지 않는다. 너무나 익숙하고, 상식에 부합한다고 생각하면 아무도 의심하지 않는 것이다. 뭔가 낯설고, 평소와 다른 무엇이 보일 때 사람들은 의심하기 시작한다.

기시 유스케의 『악의 교전』은 이런 심리적 맹점을 극적으로 활용하여 포악한 스릴러를 만들어낸다. 소설의 주인공인 하스미 선생은 한 학생을 죽이게 되었고, 시체를 숨겨야 한다. 하지만 어디에? 마침 학생들이 축제 준비를 위해 철야 작업 중이었다. 그는 생각한다. 누군가가 총을 들고 학교에

난입하여 학생들을 죽인다면, 그래서 그 범인을 만들어내기만 하면 감쪽같이 자신의 범죄를 숨길 수 있다. 그래서 학생들을 죽이기 시작하고 범인으로 가장할 어른도 찾아낸다. 비상식적으로 여겨질 수도 있다. 하지만 『악의 교전』에서 하스미 선생은 사이코패스로 나온다. 사이코패스는 자신의 목적을 위해 가장 합리적인 선택을 한다. 도덕과 윤리에 전혀 개의치 않는다. 목적을 달성하기 위해 살인이 필요하면 한다. 대량 학살을 해야 한다면, 한다. 이야기를 만들어내는 것은 이처럼 흥미로운 설정과 캐릭터에서 출발한다.

범죄를 풀어가는 장르

미스터리는 범죄에서 출발한다. 그렇다면 가장 먼저 생각해야 할 것은 범죄의 양상이다. 어떤 범죄를 만들어낼 것인가. 본격에서는 트릭을 우선한다. 밀실인가, 알리바이 조작인가, 아니면 상식적으로 이해할 수 없는 초자연적인 상황인가. 트릭은 단순하게 아이디어만으로 만들어지지 않는다. 애거서 크리스티의 『오리엔트 특급 살인』을 보면 트릭과 알리바이가 범죄의 동기와 밀접하게 연결되어 있음을 알 수 있다. 트릭을 해결하기 위해서는 반드시 피해자와 가해자의 관계를 알아내야만 하고, 그것을 알아내면 누가 진정한 피해자인지도 밝혀진다.

 일반적으로 생각한다면, 미스터리는 수수께끼를 제시하

고 풀어내는 과정으로 전개된다. 그렇다면 범죄 수사와 마찬가지다. 어떻게 죽였는가를 알아내는 것은 트릭을 풀어내는 과정이다. 음독이라면 독을 먹일 수 있는 조건이 누구에게 있었는가를 조사한다. 뾰족한 흉기에 찔려 죽었다면 흉기가 칼인지 아니면 다른 무엇인지 흉기는 어디에 있는지를 밝혀내야 한다. 그런 사실을 밝혀내기 위해 피해자 주변의 사람들을 심문한다. 수상한 지점을 찾아낸다. 피해자와 그들의 관계를 파헤치면 누구에게 동기가 있었는지를 알게 된다. 그를 살해할 만한 동기가 있는 사람이 누구인지를 찾아내는 것이 중요하다.

범죄 동기를 찾는 과정은 단순할 수 있다. 그가 죽으면 누가 가장 큰 이득을 얻는지를 파악하는 것이다. 과거에는 범죄의 동기는 크게 두 가지, 돈과 치정이라고 말했다. 피해자가 죽으면 금전적 이득이 생기는 사람이 누구인가. 피해자와 연적은 누구인가. 바람을 피우고 있었는가. 누구에게 협박이나 위해를 가하고 있었는가. 주변인의 청취 조사를 하면 피해자에 대해 알게 되고, 그가 죽으면 어떤 결과가 벌어지는지를 알게 된다. 보험금은 어떻게 되는지, 유산은 얼마나 누구에게 돌아가는지, 그를 미워하던 사람은 누구인지. 그래서 전문적인 도둑과 강도가 아니라면, 대부분은 면식범이다. 특히 가족과 친구 등 가까운 사람이 많다.

미스터리를 쓰기 위해서는 일단 범죄의 양상을 만들어

내고, 범인과 피해자가 누구인지를 생각해야 한다. 피해자는 어떤 사람이었는가. 적이 많았을까? 포악하거나 위선적이었나? 너무나도 상냥하고 평판도 좋은 사람이었다면, 그가 범죄의 표적이 된 이유는 무엇일까? 이처럼 보통의 수사는 피해자가 어떤 사람인지, 주변 상황은 어땠는지를 파고든다. 하지만 연쇄 살인의 경우는 달라진다. 연쇄 살인마는 자신의 목적과 취향에 따라서 피해자를 선택한다. 그렇기에 한 명의 피해자로는 범인을 추정하는 것이 거의 불가능하다. 비슷한 수법으로 살해된 피해자가 많아지면, 피해자들의 공통점과 범행 수법과 특징 등을 통해 범인의 프로파일링을 한다. 범인의 행동 분석을 하는 것이다. 그리고 범인의 성격과 직업, 목적 등을 추정한다.

미스터리에서는 플롯보다 캐릭터가 우선한다고 보는 경우도 많다. 사건을 일으키는 범인과 사건을 추적하는 탐정과 형사의 캐릭터에 따라서 모든 것이 결정되기 때문이다. 모든 것을 몸으로 부딪치며 해결하는 탐정이 있는가 하면, 방에서 한 발자국도 나가지 않은 채 지휘만 하는 탐정도 있다. 제프리 디버의 『본 콜렉터』의 주인공 링컨 라임은 사고를 당해 전신마비 상태다. 경찰의 의뢰를 받아 사건 수사에 참여하지만 현장에 나가는 것은 여성인 색스다. 그녀가 보고 들은 것, 심지어 범인을 추적하는 과정을 링컨은 듣기만 해야 한다. 색스가 찾아낸 단서를 통해서 지시만 내려야 한다. 미키 스필레인의 『심판은 내가 한다』의 마이크 해머는 무조건 움직인다. 의심이 가면 일단 찾아가 폭력을 휘두른다. 때로는 죽여버리기도 한다. 그런데 범인이 아니었다면? 그냥 어깨 한 번 으쓱하며 가버린다. 어차피 그놈은 곧 죽을 나쁜 놈이었다며.

미스터리가 선사하는 긴장과 쾌감

미스터리는 캐릭터와 플롯 그리고 트릭으로 구성된다. 이것을 기본으로 여러 가지 요소를 추가하며 다양한 하위 장르로 확장된다. 작가는 독자가 원하는 캐릭터와 플롯을 만들어내는 것도 필요하다.

그렇다면 독자는 왜 미스터리를 읽는 것일까? 미스터리 걸작들의 리뷰를 담은 『죽이는 책』 서문에는 미스터리를 통해 "인간 최악의 본성이 아무런 저항 없이 승리를 거두는 것을 수수방관하지 않는 선한 남녀들의 세계를 엿볼 수 있다"고 쓰여 있다. 즉, 범죄를 저지르는 악인들에 저항하는 혹은 도전하는 남녀의 이야기인 것이다. 일종의 카타르시스라고 해도 좋다. 막판에 범인의 승리로 끝나는 언해피엔딩도 있고, 모호한 결말로 결국 누구도 승자가 아닌 상황을 그리는 경우도 있고, 모두가 파멸하는 경우도 있다. 그럼에도 미스터리의 본분은 역시 사건의 해결에 있다. 난해한 사건, 끔찍한 사건을 목도하며 수수께끼를 푸는 쾌감을 맛보거나 악인이 응징당하는 광경을 즐기는 것.

　미스터리는 단독 장르로 존재하기도 하지만 다른 장르나 순문학에서도 이야기의 유용한 장치로서 기능하는 경우가 많다. 보통 사람들이 궁금해 하는 것은, 감춰진 이야기다. 사람들의 뒷모습이나 행동에 담긴 이면을 알고 싶어 한다. 스타의 스캔들에 집착하는 것도 비슷한 이유다. 로맨스 독자들이 흥미를 느끼는 것은 사랑의 과정이다. 결국은 사랑이 이루어지고 행복한 결말이 올 것임을 알면서도 구체적인 과정을 확인하고 싶어 한다. 주인공은 어떤 성격의 사람이고, 그의 과거에는 어떤 일이 있었고, 지금 어떤 영향을 끼치고 있나 등 사소한 것들까지도 알고 싶어 한다. 수수께끼를 던져주고 하나씩 풀어가는 미스터리 구조를 차용하면 독자를 이야기 속으로 끌어들이기 쉽다.

　이야기의 긴장감을 만들어내기 위해서는 제한을 두는 것도 좋은 방법이다. 시한폭탄이 터진다면 그 시간까지 모든 것이 빠르게 움직인다. 제한 시간 내에 폭탄을 찾고 해체하거나 사람을 대피시켜야 한다. 공소 시효가 얼마 남지 않은 사건을 풀어가는 것도 긴장감을 끌어낸다. 이런 형식은 공포물에서도 많이 쓰인다. 스즈키 코지의 『링』에서 저주의 비디오를 본 사람은 일주일 안에 다른 사람에게 비디오를 보여줘야 한다. 그러지 않으면 죽게 된다. 이런 설정은 주인공에게 죽지 않기 위해 일주일 안에 저주를 풀어야 한다는 절박함을 던져 준다. 드라마 〈24〉는 하루 동안, 24시간 동안 벌어지는 사건을 그린다. 매회마다, 즉 한 시간마다 급박하게 사건들이 진행된다. 그 설정만으로 숨이 막힌다.

　하지만 미스터리 기법을 이용하여 이야기에 긴장감을 불어넣기 위해서는 전제가 필요하다. 허구나 과장에 의해서 긴박한 상황을 연출하는 것은 가급적 없어야 한다. 철저하게 논리적이고 합리적인 조건에 의해 구현되어야 한다. 영화 〈세븐 데이즈〉는 긴장감을 극대화하기 위해, 아이가 납치된 변호사에게 일주일 안에 재판에서 승소해야 한다고 조건을 건다. 별 생각 없이 보면 재미있다. 아이 엄마인 변호사의 절박함은 느껴지니까. 하지만 북한을 제외한다면 한국은 물론 세계 어떤 나라에서도 일주일 안에 재판이 끝나는 경우는 없다. 휴정이 되거나 할당된 시간을 넘겨 다음 재판을 잡는 데만 일주일은 더 걸린다. 〈세븐 데이즈〉의 기본 설정 자체는 완전히 비합리적이다. 전제가 비합리적이라는 것을 알고 있다면 이야기에 몰입하는 것은 힘들다. 미스터리를 쓰기 위해 필요한 것은 논리적이고 합리적인 설정이다. 허구에 의해 세워진 세계라 해도 그 세계 안에서만은 철저하게 앞뒤가 맞고, 정확한 규칙으로 움직여야 한다. 요네자와 호노부의 『부러진 용골』이나 랜달 개릿의 '다아시 경' 시리즈처럼 가상의 세계에서 벌어지는 미스터리가 그렇듯이.

2

미스터리의
하위 장르

추리소설을 영어로 한다면 미스터리, 디텍티브 스토리, 크라임 노블 등이 된다. 미스터리는 수수께끼가 제시되고 그것을 풀어가는 이야기를 말한다. 디텍티브 스토리는 탐정이 등장하여 사건을 해결하는 이야기가 된다. 크라임 노블은 소재를 말한다. 살인, 강도, 강탈, 유괴 등의 범죄가 등장하고 사건에 얽힌 사람들의 이야기를 들려주는 것이다. 크라임 노블은 범위가 넓을 수밖에 없다. 일체의 사건 없이, 범죄가 벌어지고 범인이 잡힌 후에 피해자의 심리적 상태만을 그릴 수도 있다. 소재를 어떻게 다루는가는 그야말로 무한하기 때문이다.

미스터리와 스릴러의 차이

그렇다면 미스터리와 스릴러의 차이는 무엇일까? 보통 미스토리는 사건이 벌어지고 나서 수수께끼를 풀어가는 게 기본이다. 탐정이나 형사가 단서를 모아 추리를 하면서 해결하는 사건은 이미 벌어진 과거의 일이다. 반면, 스릴러는 하나의 사건이 벌어지게 된 후의 일들이 더 중요해진다. 로버트 레드포드가 나온 영화 〈코드네임 콘돌〉은 사무실에 있던 남자가 잠깐 밖에 나갔다 돌아오니 동료들이 모두 죽어 있는 것으로 이야기가 시작된다. 남자는 밖으로 나가 어디론가 전화를 건다. 내용을 들어보면, 문제가 생겼을 때의 프로토콜을 그대로 따르는 것이다. 평범한 회사의 직원으로 보였지만 아니다. 평범한 회사로 위장한 정보기관의 산하 조직인 것이다. 유일하게 살아남은 그를 죽이기 위해 암살자가 추적한다. 살아남기 위해서 그는 계속 도망치는 방법과 역전타를 날릴 방법을 생각해야 한다. 처음 일어난 사건을 방아쇠로 다음 사건들이 연쇄적으로 일어난다. 즉, 스릴러는 사건이 일어나면 그 다음, 그 다음이 어떻게 될 것인지 궁금하게 만드는 이야기다.

스릴러는 거의 모든 장르와 결합될 수 있다. 범죄 스릴러, SF 스릴러, 액션 스릴러 등의 개념이 가능한 것처럼 각 장르에서 연속적으로 사건이 일어나면서 다음에 어떤 일이 벌어질지 궁금하게 만들면 스릴러가 되는 것이다. 로맨스물에 스릴러를 가미할 때에도 흥미로운 작품이 많이 나온다.

영화 〈건축학 개론〉은 스릴러가 아니지만, 20년 전의 첫

사랑을 다시 만난 건축가의 현재를 그리면서 그들의 첫사랑이 과연 어떻게 전개되고, 막을 내렸을지 궁금하게 한다. 이별의 이유를 정확히 알아야만 지금의 그가 어떤 마음 상태인지 제대로 알 수 있으니까. 현재와 과거를 오가는 방식으로 전개되는 〈건축학 개론〉은 계속 호기심을 자극한다. 영화 〈달콤, 살벌한 연인〉은 같은 오피스텔에 입주하며 사귀게 된 연인 사이에서 벌어지는 기묘한 이야기다. 과거의 남자가 찾아오고, 그를 죽인 후 계속 뭔가 꼬여만 간다. 티격태격하는 두 사람의 미래는 어떻게 될 것인지 궁금해지는 로맨스의 골격에 과연 그녀의 정체는 무엇이고, 시체를 어디에 숨기고, 과연 발각될 것인지 조바심 내며 보게 된다.

미스터리의 분화

코지 미스터리는 주로 일상적인 사건을 다루면서 유머러스하게 전개되는 이야기를 말한다. 끔찍한 범죄와 웃음이 과연 어울릴까 하는 생각도 들지만, 결론부터 말하자면 꽤 궁합이 맞는다. 애거서 크리스티의 포와로는 잘난 척 거들먹거리는 것을 좋아하기 때문에, 그를 둘러싼 다른 사람들의 반응은 의외로 코믹하다. G.K. 체스터튼이 창조한 탐정, 동글동글하고 낙천적인 브라운 신부도 느긋하고 미소를 띠게 만드는 작품이 많다. 조이스 포터의 『도버4/절단』에서 심술맞고 이기적이며 머리도 나쁜 도버 경감이 등장하여 엉망진

창으로 사건 수사를 하다가 막무가내로 해결이 되는 과정은 그야말로 블랙 유머의 진수라고 할 수 있다. '스테파니 플럼' 시리즈인 『원 포 더 머니』도 취업할 곳이 없어 현상금 사냥꾼이 되는 여성의 좌충우돌을 코믹하게 그리고 있다. 추가로 로맨틱 코미디까지 얹어서. 일상의 소소한 범죄를 그리는 미스터리에서는 필히 유머를 장착하는 것이 요즘의 추세이기도 하다. 특히 만화적인 캐릭터를 등장시킬 때에는 더욱 심해진다.

서술 트릭은 미스터리 소설에서만 가능하기에 더욱 매력적이다. 영화와 드라마는 일단 모든 것을 보여줘야만 한다. 인물을 다르게 보여주거나, 상황을 속여서 보여줄 수 없다. 하지만 소설은 글로 설명이 되기 때문에 거짓말을 하지 않더라도 독자를 은근히 속일 수 있다. 『벚꽃 지는 계절에 그대를 그리워하네』, 『살육에 이르는 병』, 『모방살의』 등 서술 트릭을 이용한 미스터리는 독자가 마지막 순간에 중요한 단서를 알게 된다. 그 열쇠를 알고 나면, 앞에 펼쳐진 모든 이야기와 그림이 어떻게 연결되어 있는지를 알게 된다. 서술 트릭이 뛰어난 본격 추리를 읽고 나면 반드시 앞을 다시 들춰보게 된다. 그 상황, 그 사실이 어떻게 '서술'되어 있는지를 확인하기 위해서. 서술 추리는 읽기에도 재미있지만, 쓰는 입장에서도 재미가 있다.

미스터리는 기본적으로 수수께끼를 풀어가는 형식이기

때문에 다른 장르와의 결합이 용이하다. 그렇기에 다른 장르에서 미스터리 기법을 가져다 쓰는 경우는 매우 많다. 미스터리 구조를 전면에 등장시키면 ○○미스터리가 되는 것이고, 미스터리 구조를 차용하며 다른 형식으로 전개하면 미스터리 구조를 끌어온 ○○이 된다. 그러니 미스터리의 하위 장르로 연애 미스터리, 역사 미스터리, 정치 미스터리, 모험 미스터리, 동물 미스터리 등등 무수하게 이름 붙일 수도 있다. 장르는 고정된 것이 아니기에 독자에게 작품에 대한 정보를 제공하기 위해 편의적으로 붙이는 경우도 많다.

미스터리도 외부의 다양한 장르와 이야기가 들어오고 나가면서 장르로 정착된 것이라고 할 수 있다. 에드거 앨런 포의 추리소설과 공포소설, 아서 코난 도일의 '셜록 홈즈' 등이 등장한 후 미스터리는 펄프 잡지를 통해서 인기를 끌게 되었다.《다임 미스터리 매거진》,《다임 디텍티브 매거진》,《스파이시 디텍티브》,《블랙 마스크》,《디텍티브 테일즈》등의 싸구려 잡지에 온갖 모험과 폭력과 에로티시즘을 담은 미스터리, 스릴러가 실리게 된 것이다.《어메이징 스토리》와《위어드 테일즈》등을 통해 SF가 탄생하고 발전한 것처럼, 미스터리 역시 펄프 잡지를 통해서 대중적으로 인기를 얻게 되었다. 처음에는 탐정이 등장하여 악당과 싸우고 납치된 여자를 구하는 등 모험극 위주로 펼쳐졌지만 점점 세분화되고 발전하게 된 것이다.

차가운 논리와 복잡한 인간의 심리

미스터리 장르를 가장 순수하게 말한다면 역시 수수께끼와 논리적 추리라고 할 수 있다. 초창기의 미스터리는 수수께끼를 만들어내는 것에 치중했다. 현실의 범죄보다는 개성적이고 기발한 트릭을 만들어낼 수 있는 허구의 공간과 사건을 선호했던 것이다. 밀실과 외딴섬, 훼손된 시신, 다잉 메시지 등 본격물의 설정은 대체로 허구적이다. 기이한 트릭을 논리적으로 풀어내며 현실의 범죄로 끌어내리는 것이 순수한 본격 추리의 세계라고 할 수 있다.

교고쿠 나츠히코의 『우부메의 여름』 등 '교고쿠도' 시리즈에서는 서점 주인이자 신사의 당주이기도 한 교고쿠도가 기이한 사건을 가장 논리적인 방식으로 풀어낸다. 그것은 어쩌면 그 세계의 존재와 법칙을 알고 있기에 가능한 방법일 수도 있다. 이 세계의 현상과 사물은 최대한 인간의 관점에서 봐야 한다는 것. 인간은 요괴의 존재까지도 만들어내고 또 실재화시킬 수 있는 힘을 가지고 있는 존재이기 때문이다. 그렇기에 초자연적인 힘을 끌어들여 사건을 설명하지 않고 초자연적 상황을 가능하게 만든 인간의 거짓말이나 폭력적인 개입을 밝혀내게 된다. 가장 합리적이고 논리적인 추리를 통해 사건의 진상을 알게 된다. 인간이 만들어낸, 인간의 죄를 밝혀내는 것이다. 그런데 기이한 범죄의 선명한 해결을 알고 나면 오히려 으스스한 기분이 든다. 진상을 알게 되었지만 여전히 세상은 불가해하다는 것을 깨닫기 때문이다. 인간의 심연이 얼마나 깊은 것인지를 알게 되기 때문에.

독자와의 게임을 내세우는 본격물 역시 사건의 해결로 모든 이야기와 의문이 말끔하게 해소되는 이야기는 크게 매력이 없다. 트릭의 결과를 알게 되는 것일 뿐 그다음으로 확장되는 무엇이 없으니까. 의문이 해소된 후에도 남는 무엇인가를 들여다보는 것. 그것이야말로 미스터리가 추구하는 것이 아닐까.

3

미스터리의
역사

미스터리는 우리가 살아가는 세계를 반영한다. 다른 말로 하자면, 범죄는 우리 사회의 축소판이다. 인간의 욕망이 가장 극단적이고, 적나라하게 투영되기 때문이다. 그래서 범죄의 역사를 살펴보는 것만으로도 사회가 어떻게 변했는지 대강 알 수 있다.

범죄의 진화와 미스터리

일본 만화 『검은 사기』를 보고 있으면 피싱 범죄부터 보험 사기, 환경 사기, 쇼핑몰 사기, 유령회사 등등 세상의 모든 사기 범죄에 대해 알 수 있다. 피싱 범죄를 다룬 에피소드에서는 '오레오레' 범죄에 대한 언급이 있다. 무작위로 전화를 돌려서 노인이 전화를 받으면 무조건 오레, 오레(나야, 나)라고 말한다. 귀가 잘 안 들리는 노인들은 자식이나 손자의 이름을 대며 묻는다. 그러면 맞다고 답하며, 사고를 당해 급히 돈이 필요하니까 친구를 보내겠다고 한다. 전혀 치밀하지 않은 범죄였지만, 물정에 밝지 않은 노인을 대상으로 하는 '오레오레'는 1990년대에 시작되어 지금은 한국에서도 익숙한 전화와 인터넷 피싱으로 발전했다. 정에 약하고 굶주린 노인들의 마음을 악용하는 부도덕한 범죄 '오레오레'가 대량 발생한 건 경제 불황이 시작되면서 혼자 사는 노인들이 많아졌고, 일본의 노인들은 은행보다 집에 놔두는 현금이 많이 있었기 때문이다.

『검은 사기』를 보고 있으면 사기꾼들이 어떻게 개인의 약한 마음을 파고들거나 사회 시스템의 부조리한 측면을 이용하여 범죄를 만들어내는지 볼 수 있다. 대부분의 사기는 영화 〈타짜〉에서 말하듯, 속이려고 감언이설을 하는 것이 아니라 상대방이 자진하여 넘어오도록 세팅해야 한다. 사람의 욕망을 이용하여, 오히려 사기꾼에게 매달리게 하는 것이다. 하지만 인간의 약한 마음을 이용하는 사기도 많이 있다. 이미 셜록 홈즈의 단편에도, 거지가 웬만한 직장인보다더 많은 돈을 벌고 있다는 이야기가 나온다. 동정심과 연민을 이용하여 소액을 빼내는 작은 사기도 있고, 궁지에 몰린사람을 도와주겠다면서 오히려 벼랑으로 밀어버리는 극악한 사기도 있다. 사기의 양상은 사회가 어떻게 변하고, 사람들이 어떤 마음으로 살아가는지를 반영한다. 아니, 예리하게 사회와 인간의 변화를 포착하여 새로운 사기 범죄를 끊임없이 만들어낸다.

세월이 흐르면서 범죄의 양상이 바뀌고, 범죄 영화와 소설이 다루는 이야기가 달라진다. 강우석의 영화 〈공공의 적〉은 범죄의 동기가 돈과 치정에서 더욱 복잡하게 변하고 있음을 보여준다. 규환은 번듯한 회사원이고, 부유한 가정에서 자랐다. 하지만 지기 싫어하는 마음이 너무 강하고 타인에 대한 공감이 전혀 없다. 화가 나면 어딘가에 풀어야 하고, 도덕이나 윤리에는 아무 관심이 없다. 자식이 부모를 죽이는 경우는 과거에도 수없이 되풀이되었지만 강철중은 규환을 의심하지 않았다. 너무 끔찍하게 살해당했기 때문에 설마 자식이 그랬을까 하며 의심한 것이다. 하지만 규환에게는 그런 인간적인 감정이 없다. 흔히 말하는 사이코패스인 것이다. 물론 사이코패스라는 개념은 조심해서 써야 한다. 여전히 사이코패스라는 존재를 인정하지 않는 경우도 있고, 사이코패스의 성향을 보인다고 해서 반드시 범죄자가 된다고 볼 수 없기 때문이다.

다만 미스터리에서 사이코패스의 존재는 대단히 흥미롭다. 일본에서 사이코패스를 처음으로 다룬 소설은 기시 유스케의 『검은 집』이다. 『검은 집』은 '마음이 없는 사람'에 대해 이야기한다. 타인에 대한 아무런 공감이 없는 존재. 자식이건, 배우자이건 마찬가지다. 그리고 『악의 교전』에서 다시

한 번 사이코패스의 극렬한 범죄에 대해 이야기한다. 마음이 없기에 저지를 수 있는 최악의 사건에 대해서.

기본적으로 미스터리는 누가, 어떻게 죽였는지를 밝혀내는 이야기다. 고전 추리는 단서를 통해서 범죄의 트릭을 깨부순다. 분명히 범인이라고 의심이 가지만 알리바이가 분명하다. 그렇다면 증언의 모순이나 교통수단의 시간표를 분석하고, 사진이나 전화 등의 트릭을 찾아낸다. 시간이 흐르면서 미스터리에서도 점점 다양한 설정과 소재가 등장하게 되었다. 트릭보다도 복잡한 동기를 추정하거나 사회적인 이유를 찾아내는 미스터리가 등장하기 시작한다.

냉혹한 세계의 단면, 하드보일드

하드보일드는 헤밍웨이와 도스 파소스 등 순문학 작가들의 비정한 시선과 건조한 묘사를 일컫는 말이었다. 영화사전의 설명에 따르면 "영미 문학에서 수식을 일절 배제하고 묘사로 일관하는 어니스트 헤밍웨이 식의 '비정한 문체'를 칭"하는 것이다. 하드보일드는 형식이나 문체 이상으로 작가가 세상을 대하는 태도를 말한다. 이 세계는 부조리하고 폭력적이다. 그 세계를 직시하며 자신의 도덕을 지킨다는 것. 이것이 미스터리로 넘어가면서 대실 해밋과 레이먼드 챈들러 스타일을 뜻하게 되었다.

하드보일드가 등장하게 된 것은 세계대전을 거치면서 인

간에 대한 의심과 불안이 증폭되었기 때문이다. 유럽 전역이 전쟁터가 된 미증유의 사건을 겪으면서 인간이라는 존재에 대해 질문을 던지게 되었다. 과연 인간은 이 세계를 책임지고, 더 나은 곳으로 바꿔갈 수 있는 존재인가. 인간은 그저 거대한 세계에서 자신을 지키는 것만으로도 힘에 부치는 것은 아닐까. 인간에 대한 불신과 세계에 대한 절망은 하드보일드를 낳게 되었다.

반대로 『반지의 제왕』의 J.R.R. 톨킨은 1차 세계대전을 겪으면서 희망의 이야기를 전해야겠다고 생각했다. 절대악의 부활을 앞두고, 선이 승리할 수 있는 유일한 길은 절대반지를 파괴하는 것이다. 그 임무는 인간도, 요정도 아닌 중간계에서 가장 약하고 놀기 좋아하는 호빗족에게 맡겨진다. 빛과 어둠의 싸움에서, 세상의 가장 약하고 선량한 존재에게 중간계의 운명이 맡겨지는 것이다. 그런 점에서 『반지의 제왕』은 긍정적이었다. 기독교적 세계관을 투영하여 결국은 빛이 이겨낼 것이라고 믿었다. 인간의 기원을 담아 환상을 만들어내는 판타지와 인간이 만들어낸 가장 잔혹한 범죄를 통해서 현실을 직시하려는 범죄소설은 모두 현실을 투영한다. 두 장르 모두 그려내는 세계는 암울하고 잔인하면서도 결코 희망을 버리지 않는다. 다만 희망을 얻는 방식은 다르다.

하드보일드 소설의 창시자로 평가되는 대실 해밋은 『몰

타의 매』에서 샘 스페이드라는 탐정을 등장시키지만, 『붉은 수확』을 비롯한 다수의 단편에서는 탐정의 이름이 아예 나오지 않는다. 핑커튼 탐정 사무소에 속해 있는 그는 동료들과 함께 팀을 이뤄 지극히 사무적으로 일을 처리한다. 하지만 상대가 선을 넘는다면, 확실하게 응징한다. 돈이나 윤리 때문이 아니다. 그가 자신의 규범을 침범했기 때문이다. 대실 해밋이 조직에 소속된 주인공을 등장시킨 것은, 그가 미국 공산당에 가입한 좌파였기 때문일 수도 있다. 개인의 영웅주의가 아니라 집단의 이익을 위하여 움직이는 프로페셔널.

레이먼드 챈들러는 『기나긴 이별』 『빅 슬립』 등에서 필립 말로를 등장시킨다. 한마디로 하면 고독한 도시의 사냥꾼이다. 그는 여성을 보호하는 기사이면서 신사이지만 그 누구와도 편을 맺지 않는다. 사건의 이면을 보아도 쉽게 개입하지 않으려 한다. 그 안에 들어가봐야 세상은 변하지 않으니까. 하지만 의뢰를 받고 사립탐정으로서의 일을 하면서 점점 개입하고 들어가게 된다. 자신의 책임을 방기하지는 않는다. 변하는 것은 아무것도 없을 테지만, 자신의 일을 묵묵히 한다. 그것은 거대하고 완강한 세상에서 자기만의 윤리를 지키며 살아남겠다는 태도다.

로스 맥도널드에 이르면 또다시 탐정의 캐릭터가 변한다. 대표작인 『소름』에서 루 아처는 우연히 사건에 개입하게 되고, 희생자들에게 책임을 느낀다. 단순한 돈이나 치정이었다면 그러지 않았을 것이다. 희생자는 아이들, 이제 갓 어른이 된 청년들이다. 사람들을 만나고, 그들의 비밀이 무엇인지 알게 되면서 루 아처는 더욱더 사건은 물론 그들의 마음에까지 개입하게 된다. 일종의 유사 가족이 된다. 필립 말로는 거리를 유지하면서 자신의 일을 하지만, 루 아처는 피해자와 같은 편에서 서서 상처를 어루만진다.

로스 맥도널드의 소설이 발표되기 시작한 1950년대의 미국은 역사상 가장 풍요로운 태평성대였지만 이미 내부에서부터 붕괴하고 있었다. 『소름』을 비롯한 로스 맥도널드의 소설은 그 자멸의 광경을 바라보면서 어떻게든 젊은 세대를 보호하려고 한다. 로스 맥도널드의 하드보일드 소설은 기성세대는 전쟁을 하며 세상을 부수고 있지만, 젊은 세대는 과거와 단절하고 희망을 발견해야 한다는 메시지 같은 것이었다.

하드보일드의 재미는 폭력과 사건의 내막에만 있는 게 아니다. 하드보일드의 진짜 재미는 암울함을 드러내는 끈끈한 묘사와 등장인물들의 의미심장한 대사와 심리라고도 할 수 있다. 쉴 새 없이 술을 마시는 필립 말로의 내면이 담뱃진처럼 씁쓸하게 배어나오는 하드보일드의 매력을 알지 못한다면, 결코 레이먼드 챈들러의 소설을 읽었다고 할 수 없을 것이다. 예전에 나왔던 레이먼드 챈들러의 『안녕 내 사랑』의

뒤표지에는 "거칠고 감각적이고 대단히 매끄러운 것과 뒷골목의 시로 이루어진 특유의 혼합체"라는 말이 쓰여 있었다. 문장이 조잡하기는 하지만, 그 의미만은 하드보일드가 진정 무엇인지 잘 드러내고 있다. 감각적이면서 거칠고, 시적이면서 폭력적인 세계가 바로 하드보일드의 세계다.

그런데 세상은 결코 하나의 관점만 존재하는 것은 아니다. 하드보일드의 정통은 대실 해밋과 레이먼드 챈들러에서 로스 맥도널드로 이어지지만 어디에나 이단은 있다. 미키 스필레인의 '마이크 해머' 시리즈는 이들과는 거의 반대편에서 세계를 바라보는 하드보일드다. 1947년 『내가 심판한다』를 1편으로 시작된 '마이크 해머' 시리즈는 2006년 작가가 사망한 후에도 계속해서 다른 작가에 의해 책이 나오고 있는 초인기작이다. 그동안 미국을 비롯한 전 세계에서 팔린 책만 거의 2억 부가 넘는다. 반영웅의 시초라고도 할 수 있지만, 마이크 해머는 다른 하드보일드의 탐정들과는 달리 일단 폭력으로 상대를 제압하고 때로는 죽여버리기도 한다. 범인이 아니라는 것을 알고도 후회하지 않는다. 복수를 위해서 마구 질주하는 마이크 해머는 여자에게도 친절하지 않다. 성적 대상으로밖에 생각하지 않는다. 엄청난 마초이자 철저한 반공주의자다. 로스 맥도널드의 루 아처와는 거의 상극이라고 할 수 있다. 하지만 이런 마이크 해머 역시 1950년대라는 모순된 시대의 반영이라고 볼 수 있다. 보수주의자들이 생각하는, 악을 철저하게 폭력으로 해치워버리는 반영웅.

'마이크 해머' 시리즈는 논리적인 추리보다는 오로지 폭력으로 사건을 해결하는 타입이다. 소설은 폭력과 섹스로 점철되어 있다. 하드보일드 소설과 이에 영향을 받은 일본의 사회파 추리 그리고 한국에서 70, 80년대에 주로 스포츠신문에 연재되며 인기를 끌었던 추리소설들은 처음에 비정한 시선과 사회적 모순을 그리며 시작하다가 점점 폭력과 섹스를 앞세운 오락소설로 변모했다. 대중의 열광적인 반응을 얻으며 점점 상업적인 선정성으로 끌려간 것이다.『디스트로이어』,『차퍼』,『닌자 마스터』등의 액션 스릴러가 이런 소설들이었다. 하지만 똑같이 액션을 중심에 내세워도 '잭 리처' 시리즈,『아파치』,『그레이맨』,『크리시』와 같은 수작은 분명히 있다.

일본 추리소설의 흐름

서양의 미스터리는 하드보일드가 등장한 이후 다양한 스타일로 확장된다. 고전추리도 있고, 하드보일드도 있고, 스파이물도 있고, 심리 스릴러도 있고 작가들마다 범죄를 이야기하는 다양한 방식으로 전개된다. 반면, 일본에서는 흥미롭게도 시대별로 트렌드를 살펴볼 수 있다. 일본은 세계에서 미국 다음으로 많은 미스터리가 발표되는 국가다. 거의 국민소설이라고도 할 수 있다. 남성만이 아니라 여성 독자도 대단히 많아서, TV에서는 '여자와 사랑과 미스터리' 같은 제목으로 매주 연속 미스터리 드라마를 방영하기도 한다. 내용은 주로 치정에 얽혀 배신을 하거나 누군가를 죽이는 이야기다. 당신을 사랑했어요, 라던가 그를 죽일 수밖에 없었어요, 라면서 바닷가 절벽에서 자신의 죄를 고백하고 뛰어내리는 장면이 바로 연상되는.

장황한 일본 추리소설의 흐름을 몇 문장으로 축약한다면 이렇게 된다.

미스터리의 번성기에는 에도가와 란포나 요코미조 세이시 등을 필두로 엽기적이며 괴기스러운 환상적인 미스터리가 주류였고, 이에 대한 안티테제로서 마쓰모토 세이초로 대표되는 사회파가 대두했다. (중략) 한편 엘러리 퀸이나 S. S. 반 다인의 영미권 고전 추리소설을 주로 읽은 사람들이 중심이 되어, 논리로 의문을 규명한다는 원점으로 회귀하자는 운동이 생겨났다. 이것이 신본격 추리소설이다.

기시 유스케

에도가와 란포

일본 추리 소설의 아버지로 불리는 작가는 에도가와 란포다. 이름으로는 분명히 일본 사람이지만 사실은 외국 이름을 일본식으로 차용한 것이다. 『도둑맞은 편지』, 『모르그가의 살인 사건』,『어셔 가의 몰락』,『검은 고양이』등 추리소설과 기괴한 공포소설 등을 쓴 에드가 앨런 포를 존경하여, 그의 이름을 일본식으로 슬쩍 바꾼 것이 에도가와 란포다. 1922년 데뷔한 에도가와 란포는『D언덕의 살인 사건』,『괴인12면상』등 전통적인 추리소설부터『다락방의 산보자』,『음울한 짐승』등 엽기적인 소설까지 다양한 오락소설을 발표했다. 번역 중심이었던 일본 추리소설계에 충격을 던진 에도가와 란포는 일본 추리문학의 진정한 출발점이라고 할 수 있고, 일본 미스터리의 다양성은 그의 작품세계에서 뻗어나간 것이라고 할 수 있다.

에도가와 란포의『음울한 짐승』과『외딴섬 악마』를 읽어보면 그의 작품세계가 얼마나 기이한지 알 수 있다. 암호와 밀실을 이용한 전통적인 트릭이 나오는 추리소설부터 살아 있는 인간을 의자로 만든다거나 다락방에서 아래층의 여인을 훔쳐보는 등 온갖 엽기적이고 에로틱한 몽상들이 기발하게 전개된다. 에도가와 란포의 작품은 드라마〈란포 R〉을 비롯하여 그동안 영화와 드라마로 무수하게 각색됐다.〈란포 R〉은 에도가와 란포가 창조한 명탐정 아케치 코고로의 외손자가 등장하고, 소년 탐정단의 일원인 고바야시 소년이 노인이 되어 나오는 묘한 분위기의 드라마다. 에도가와 란포의 소설을 보면, 추리소설이라는 장르가 단지 수수께끼를 푸는 것만이 아니라 인간의 내면에 있는 어둠을 파고드는 것임을 느낄 수 있다.

요코미조 세이시

에도가와 란포를 잇는 일본 미스터리의 슈퍼스타는 단연 요코미조 세이시다. 만화로 유명한 『소년 탐정 김전일』에서 김전일은 언제나 '할아버지의 명예를 더럽히지 않겠다'라고 선언한다. 그 할아버지는 요코미조 세이시가 창조한 긴다이치 코스케다. (김전일을 일본 발음대로 읽으면 '긴다이치'가 된다. 성이 김이고 이름이 전일이 아니라 전체가 긴다이치라는 성이다.) 긴다이치 코스케는 일본 미스터리의 수다한 명탐정 중에서 에도가와 란포가 창조한 아케치 코고로와 쌍벽을 이루는 인물이다.

에도가와 란포의 권유로 추리소설계에 입문한 요코미조 세이시는 《신청년》《탐정소설》의 편집장을 지낸 후 1932년부터 전업 작가의 길에 들어선다. 추리소설의 역사와 공식 그리고 독자를 사로잡는 법에 대해 잘 알고 있었던 요코미조 세이시는 전후에 발표한 『혼진 살인 사건』으로 제1회 탐정작가클럽상 장편 부문을 수상한다. 긴다이치 코스케가 처음 등장한 『혼진 살인 사건』은 제한된 공간 속에서 벌어지는 살인 사건을 논리적으로 풀어가는 추리소설의 특징이 잘 드러나는 역작이었다. 이후 요코미조 세이시는 『옥문도』, 『팔묘촌』, 『악마의 공놀이 노래』, 『이누가미의 일족』을 연이

어 발표하며 추리소설계의 최고 인기작가가 된다. 일본의 지리, 민속학적 지식과 분위기가 제대로 녹아들어간 『옥문도』, 『팔묘촌』, 『악마의 공놀이 노래』 등은 '괴기스러운 본격물'로 평가받았다. 일본 추리물에서 느끼는 음산함은 요코미조 세이지에게서 확실하게 정착된 것이라고 할 수 있다. 『우부메의 여름』, 『망량의 상자』의 교고쿠 나츠히코가 이런 흐름의 계보를 잇는다고 할 수 있다.

긴다이치 코스케가 등장하는 일련의 작품들은 요코미조 세이시의 작품세계를 확연히 드러낸다. 요코미조 세이시는 일본의 기이한 전통이나 설화, 민담 같은 것들을 적극적으로 활용한다. 그러면서도 단순한 기괴함이나 엽기적인 사건 자체에 몰두하지 않고 논리적인 수수께끼 풀이를 치밀하게 전개한다. 〈소년탐정 김전일〉보다는 역시 만화인 〈민속학 탐정 야쿠모〉가 요코미조 세이시의 세계와는 더욱 어울리는 것이라 할 수 있다. 이후 사회파 추리소설이 일본 추리소설계를 장악하는 과정에서 작품을 발표하지 않았던 요코미조 세이시지만, 그가 단지 트릭과 게임에만 몰두했던 작가는 아니다. 실제 사건이나 잔혹한 역사를 가진 지역이나 가문 등을 소재로 잡은 것에서 드러나듯이 현실에 도사리고 있는 어둠을 예리하게 포착했다. 요코미조 세이시는 웬만한 사회파 추리작가보다 엄정하고 냉정한 시선으로 범죄와 인간을 지켜보았던 작가다.

1960년대부터 일본 미스터리의 흐름은 완벽하게 사회파 추리로 바뀌었다. 그런데 1970년대에 기묘한 일이 벌어진다. 중간 규모였던 가도카와 출판사에서 문고 시장에 뛰어들면서 신임 사장인 가도카와 하루키는 새로운 전략을 펼친다. 누구나 쉽고 재미있게 볼 수 있는 대중문학, 엔터테인먼트 문학을 전면에 내세운 것이다. 그리고 책 하나로 끝나는 것이 아니라 영화, 음반 등과 연계하여 미디어믹스 전략을 펼친다. 가도카와 하루키의 새로운 전략의 첫 번째 주자가 바로 1971년에 간행된 가도카와 문고의 첫 책인 요코미조 세이시의 『팔묘촌』이었다.

　　『팔묘촌』은 역사의 뒤안길로 사라진 것 같았던 요코미조 세이시를 화려하게 부활시켰다. 1976년부터 시작된 가도카와 영화사의 〈이누가미의 일족〉, 〈악마의 공놀이 노래〉, 〈옥문도〉가 대성공을 거두고, 지금까지 문고판으로만 6천만 부 이상이 팔려나가며 요코미조 세이시의 인기는 사회적 신드롬이 되었다. 영화의 성공에는 이미 세계적인 거장으로 인정받고 있었던 이치가와 곤이 상업영화에 도전하여 수려한 영상미를 보여주었다는 점도 있었다. 가도카와의 '긴다이치 코스케' 시리즈는 모두 5편의 영화로 만들어졌다.

　　세월이 흐른 뒤에도 요코미조 세이시의 작품이 열광적인 인기를 모은 이유는, 일본적인 미스터리의 원형을 보여준다는 점에 있다. 요코미조 세이시의 작품은 에도가와 란포의 영향을 받아 때로 공포소설에 가까울 정도로 섬뜩하게 뒤틀린 인간성을 보여주면서도 때로는 모험활극이라고 부를 수 있을 정도로 다양한 액션도 등장한다. 그러면서도 추리소설의 본령인 수수께끼 풀이에 정통하다. 일본인들이라면 더욱더 공감할 수밖에 없는, 그들 마음속의 어둠을 직시했던 요코미조 세이시의 작품은 세월이 흘러도 그 향취가 전혀 바래지 않았다.

마쓰모토 세이초와 사회파 추리소설

작품의 사회성과 범인의 동기 그리고 심리를 중시하는 사회파 추리소설이 시작된 것은 1958년의 일이다. 마쓰모토 세이초의『점과 선』이 대형 베스트셀러가 되면서 일본에는 추리소설 붐이 일어났다. 에도가와 란포와 요코미조 세이지 등도 추리소설 애호가를 중심으로 인기를 끌었지만 마쓰모토 세이초를 필두로 한 사회파 추리소설은 하나의 장르를 넘어 사회현상이 되었다. 당시 마쓰모토 세이초는 추리소설이 "너무 트릭만을 중시하며 유희적 경향으로 빠지는 것에 반대하여 극한상황에서 발생하는 범죄의 사회적 동기를 파고들 것"을 주장했다.

　『점과 선』이후에 작품을 발표한 모리무라 세이이치, 미즈카미 츠토무 등의 작가들은 기이한 사건이나 그로테스크한 분위기보다는 사회의 모순을 직시하는 추리소설에 더욱 힘을 기울였다. 모리무라 세이이치는 『야성의 증명』, 『청춘의 증명』, 『인간의 증명』 등 증명 시리즈를 발표하며 마쓰모토 세이초와 함께 당대 최고의 인기작가가 되었다. 그리고 본격 추리소설은 침체기에 들어갔다.

1961년 발표한 에세이 『검은 수첩』에서 마쓰모토 세이초는 트릭을 존중하고 본격추리의 즐거움을 인정하면서도 한정된 수의 마니아를 염두에 두고 설정이나 묘사의 기발함을 겨루는 듯한 상황이 추리소설의 미래를 막고 있다고 말한다. 그래서 많은 사람들의 현실에 입각한 스릴 서스펜스를 도입해야 하고, 동기의 묘사와 인간 묘사에 힘을 기울여 추리소설의 사회성을 더해야 한다는 주장을 한다. 그의 주장처럼 마쓰모토 세이초가 그린 인물들은 주로 '사회적 시스템에 의해 억압을 당하다가 비참한 최후를 맞는 개인', '사회적 모순에 대항하다 자멸하는 개인', '어두운 과거를 숨기고 출세를 위해 나아가다가 몰락하는 개인'이다. 보통의 사람들이 어쩔 수 없이 범죄에 휘말리거나 저지르게 되는 이야기들을 그린다.

당시 마쓰모토 세이초가 인기를 끈 이유는 몇 가지가 있다. 사회파 추리소설은 평범한 사람의 인생에서 이야기를 시작하는 경우가 많았다. 많은 사람이 공감할 수 있는 중년 남성의 불륜 이야기나 회사에서 일어나는 비리와 부정부패 같은 현실적인 이야기들은 독자에게 실제로 벌어지는 사건을 보는 듯한 리얼리티를 느끼게 했다. 즉, 추리소설이 단지 특이한 사건과 기발한 트릭만을 묘사하는 '게임'이 아니라 우리들의 일상생활에 걸쳐 있는 범죄와 사회악을 그리는 역할을 하게 된 것이다. 추리소설 독자만이 아니라 보통의 독자가 사회파 추리소설을 읽게 된 것은 그런 핍진성이 주요한 역할을 했다. 또한, 역사소설의 시바 료타로와 함께 전후 최대의 작가로 평가받는 마쓰모토 세이초는 아쿠다가와상을 수상한 정통파 작가다운 장중한 묘사와 치밀한 심리묘사를 통해 일본 추리소설을 한 단계 올려놓은 것으로 평가되었다. 마쓰모토 세이초는 일본 각 지역의 특징을 철저하게 조사하여 작품에 반영하는 것으로도 유명하다. 그의 작품에는 각 지역의 사투리와 독특한 풍경, 특산품 등이 풍성하게 펼쳐져 있었다.

하지만 사회파 추리소설이라고 해서 단지 동기만을 추적해간 것은 아니다. 『점과 선』은 규슈 지방에서 일어난 살인사건으로 시작한다. 겉으로 보기에는 남녀의 치정에 얽힌 동반자살로 보였지만, 그 이면에는 기업의 부정부패가 뒤얽힌 사건과 은폐된 진실이 있었다. 1958년은 신칸센이 막 운행을 시작했을 때였다. 마쓰모토 세이초는 도쿄에서 규슈의 하카타, 그리고 다시 홋카이도까지 연결되는 신칸센을 이용하여 교묘한 알리바이 트릭을 만들어낸다. 기존의 추리소설 독자라면 『점과 선』에는 치밀하게 짜인 알리바이에 도전하는 즐거움이 있다. 일반 독자에게도 다양한 즐거움이 있다. 마쓰모토 세이초의 강건한 필력에 힘입어 수수께끼를 따라가다 보면, 그 사소해 보이는 사건의 이면에 거대한 사회악이 존재함을 알게 된다. 추리의 재미만이 아니라 우리 사회의 어둠에 대한 것까지 알게 되는 것이다.

마쓰모토 세이초가 사회적 동기에 관심을 기울이게 된 이유는, 그가 단순한 문학청년이 아니었기 때문이기도 하다. 가난 때문에 일에 매진하다가 한 번 잡은 기회를 놓치지 않고 문단에 나온 마쓰모토 세이초는 동시대를 살아가는 사람들의 실제 '생활'에 관심이 있었고, 잘 알고 있었다. 보통 사람들의 생활 감각으로 그려낸 범죄소설. 그것이 마쓰모토 세이초의 세계이고, 한참 세월이 흐른 뒤 독자들이 보기에는 고루한 느낌이 드는 단점이기도 하다. 다만, 일본에서는 2004년『검은 수첩』의 드라마화를 시작으로『나쁜 녀석들』,『짐승의 길』등 마쓰모토 세이초의 수많은 작품들이 연속 드라마, 단막극 등 다양한 형태로 만들어지며 대단한 인기를 끌었다. 즉, 캐릭터를 그대로 두고 시대에 맞춰 설정을 수정하면 마쓰모토 세이초의 소설은 여전히 유효하다는 것이다. 지금도 마쓰모토 세이초의 소설은 영화와 드라마로 만들어진다.

이후 사회파 추리는 사회적인 문제를 테마로 삼고, 탐정보다는 형사가 주인공으로 나오고, 트릭보다는 사회적인 범죄에 얽힌 인간군상을 묘사하는 데 역점을 두는 스타일로 발전했다. 사회파 추리는 급속한 경제개발에 따른 개인이나 집단의 피해, 정치권력의 폭력 등 명백한 '범죄 집단'으로 규정되지 못하는 권력의 실질적인 범죄를 폭로하는 경향도 있다. 그래서 사회파 추리에서 범죄를 저지르는 이들은 오히려 희생자인 경우도 많이 있었다. 그들은 자신의 억울함을 호소하기 위하여, 과거의 만행을 폭로하기 위하여 범죄를 계획하는 것이다.

지금도 사회파 추리는 일본에서 가장 인기 좋은 추리물이다. 본격 추리는 게임 성향이 강하기 때문에 장르 애호가가 아니면 쉽게 받아들이지 못하는 경향이 있다. 일반 독자가 관심을 갖는 것은 트릭 자체보다 사람의 마음인 경우가 많다. 왜 그가 죽어야 했는지, 왜 죽여야만 했는지를 가장 궁금해 하는 것이다.

하지만 사회파 추리의 강세는 한편으로 부작용도 있었다. 사회의 어둠을 쫓는다는 명목이지만 상업적인 목적으로 성과 폭력의 극단적인 묘사를 일삼는 작품들도 양산되었기 때문이다. 추리, 수수께끼 풀이라는 본연의 목적보다는 범죄, 악당을 쫓는 과정의 액션이나 스펙터클에만 치중하다가는 자칫 추리물로서의 정체성마저 흔들리게 된다.

한국의 추리소설이 몰락하게 된 이유의 하나도 여기에 있다. 하드보일드와 사회파 추리를 왜곡된 형태로 받아들여

지나치게 선정적으로 흘러갔다. 상업적이고 저질이라는 비난과 함께 문학에서 추리소설 자체의 지위는 바닥으로 떨어져버렸다. 스포츠신문에서 주로 연재되었던 70, 80년대의 추리소설은 점점 더 자극적인 소재와 이야기로 일반 독자에게서 멀어졌다. 그런 점에서 사회파 추리의 긍정적인 측면을 다시 한 번 되살릴 필요가 있다. 사회파 추리는 사회의 세속적이고 폭력적인 모습을 그대로 담는 것이 아니라, 사회악의 근원을 고발하고 응징하기 위해 만들어진 것이다.

신본격의 등장

사회파 추리가 지나치게 선정적으로 변하면서 신본격이 등장한다. 작가인 아유카와 데쓰야는 "추리소설이란 문자 그대로 추리하는 것을 주제로 한 소설이지만, 미스터리에서 확산현상이 일어나 추리하는 맛이 희박해진 추리소설들이 범람했다"고 말한다. 신본격은 대학의 추리소설연구회를 중심으로 발생했다. 추리소설의 고전을 읽으며 몰두했던 학생들이 직접 창작을 하게 되면서 신본격이라는 트렌드를 만들어낸 것이다. 노리즈키 린타로, 아야츠지 유키토, 아비코 다케마루, 오노 후유미, 마야 유타카는 교토대학 추리연구회 출신이다.

신본격을 알린 작품은 1987년에 등장한 아야츠지 유키토의 『십각관의 살인』이다. 외부와 단절된 공간에서, 독자에게 하나씩 단서를 던져주면서 공정한 게임을 벌이는 전통적인 추리소설이다. 시마다 소지의 『점성술 살인사건』, 아비코 다케마루의 『살육에 이르는 병』 등의 본격 추리는 단지 트릭 자체에만 몰두하지 않고, 사회적 병리현상을 파고들면서 내부에 추리소설다운 트릭을 교묘하게 설치하여 많은 지지를 얻었다.

신본격이 지나치게 트릭에만 의존하는 몰사회적 소설이라는 오해는 말 그대로 오해라고 볼 수 있다. 신본격에서 추구하는 트릭은 추리소설이라는 장르 자체의 시스템이다. 장르를 결정짓는 시스템이 끊임없이 개발되고 혁신되는 것은 필연적인 일이고, 그러한 기반 없이는 추리소설이 존립할 수 없다. 일본 미스터리의 시조인 에도가와 란포와 요코미조 세이지의 소설을 단지 엽기적이고 그로테스크한 추리소설이라고 부를 수 없는 것과 마찬가지다. 그들의 소설에 기이한 사건들이 등장하는 것은 사실이지만, 내부를 파고들어가면 그런 사건들이 일어날 수밖에 없는 현실적인 모순들이 존재한다. 에도가와 란포의 환상과 욕망 역시 마찬가지다. 뒤틀린 욕망이 존재할 수밖에 없는 이유, 굴절된 욕망이 분출했을 때 인간은 어디로 가는지를 에도가와 란포는 예리하게 때로는 환상적으로 그리고 있다. 본격 추리 역시 현실의 문제를 외면하는 것은 아니다.

수많은 미스터리 중에서 현실적이지 않은 사건이란 대체

무엇이 있을까? 니시오 이신의 『잘린 머리 사이클』처럼 현실에서는 불가능한 캐릭터가 등장하여 전혀 있을 법하지 않은 기이한 사건들을 풀어가는 것? 귀신이나 요괴 등 초자연적인 존재가 등장하는 사건들? 최근의 라이트 노벨 같은 경우는 예외이지만 에드거 앨런 포의 『모르그가의 살인 사건』이나 아서 코난 도일의 『바스커빌 가문의 개』 등 초기의 추리소설들 역시 현실 속의 기이한 사건들을 풀다보면 현실 속의 범인과 동기가 드러나는 구조가 일반적이었다. 교고쿠 나츠히코의 『우부메의 여름』 등 교고쿠도 시리즈는 현실에서 불가능해 보이는 초자연적인 사건을 다루지만 모든 것은 현실로 돌아온다.

결국 사회파는 일종의 안티테제일 뿐이다. 일본에서도 사회파 추리를 본격 추리소설과 대립되거나 독립된 장르로 보지는 않는다. 소설의 주제에 사회성이 있으면서도 논리적인 수수께끼 풀이가 공존하는 것은 결코 모순된 일이 아니다. 일본의 미스터리는 시간이 흘러 사회파가 나오고, 다시 신본격이 나오면서 융합되는 현상이 두드러진다. 기시 유스케의 『유리 망치』는 고층빌딩의 밀실에서 벌어진 살인 사건의 트릭이 중요하게 제기된다. 하지만 그와 동시에 범인의 심리 또한 중요하게 그려진다. 그가 왜 범죄를 일으킬 마음을 품었는지는 단지 개인의 문제가 아닌 것이다.

일본 추리소설의 현재

요즘 일본의 미스터리는 신본격과 사회파가 섞이는 것을 넘어 수많은 스타일이 공존하는 경향을 보여준다. 신본격과 사회파만이 아니라 다른 장르나 매체까지 뒤섞여 새로운 지평으로 나아가는 것이다. 『잘린 머리 사이클』의 니시오 이신은 "라이트 노벨적인 요소와 신본격 미스터리의 요소를 결합"했다는 평가를 받고 있다. 국내판 라이트 노벨 잡지 《파우스트》에도 연재했던 소설의 제목은 아예 『신본격 마법소녀 리스카』다. 마법이라는 판타지적인 요소와 게임의 배틀 구도가 '본격'과 결합된 기묘한 소설이다. 『망량의 상자』, 『광골의 꿈』의 교고쿠 나츠히코는 본격과 괴담과 사변소설이 마구 뒤섞인 작품을 쓰고 있다. 교고쿠 나츠히코의 소설을 읽다 보면 정말 요괴에라도 홀린 것처럼 몽롱한 세계 속을 헤매면서도, 하나의 논리적 결론에 이르게 된다. 『그로테스크』의 기리노 나쓰오와 『마크스의 산』의 다카무라 카오루 등에 이르면 이미 추리라는 장르를 초월해버린다. 『마크스의 산』으로 나오키상을 탄 다카무라 카오루는 "내가 추리소설을 생각하고 쓰는 것은 아니다"라고 말하기도 했다. 이제는 사회파라든지 하는 라벨을 붙이는 것조차 이상하다는 느낌이 든다.

국내에서 일본 미스터리의 인기가 유독 높은 이유도 이런 다양성에 있다. 일본 추리소설에는 극에서 극까지 우주의 삼라만상이 모두 망라되어 있다. 밀실 트릭을 이용한 본격 추리물, 오로지 자신만을 믿고 잔인한 세상을 돌파해가는 하드보일드, 범죄의 동기를 더욱 중요시하는 사회파 추리 등 우리가 익히 알고 있는 추리물부터 말랑말랑하고 화사한 코지 미스터리, 요괴와 귀신이 등장하는 심령 추리물, 애니메이션을 보는 듯 가상의 공간에서 펼쳐지는 라이트 노벨 추리물, 야하고 폭력적인 성인용 추리물 등 다종다양한 추리소설의 천국이 바로 일본이다. 스스로 추리물에서만은 세계 최고라고 자랑스럽게 말한다. 거기에 정서가 비슷하다는 이유가 있기에, 한국에서 가장 인기 좋은 미스터리 작가는 히가시노 게이고다.

근래에 나오는 일본 미스터리를 보면, 독특한 취향을 보이거나 자기만의 색깔을 가진 작품들이 많다. 그중 주목할 몇 가지를 살펴보자. 마도이 반의 『마루타마치 르부아』는 라이트 노벨에 해당하는 미스터리다. 라이트 노벨을 정의하자면 '시각적 이미지가 선명한 엔터테인먼트 소설' 정도인데, 청소년 대상으로 시작했지만 점차 확대되어 이제는 40대 이상도 읽는 소설이 되었다. 마이조 오타로, 사쿠라바 카즈키 등 라이트 노벨 출신 작가가 나오키상을 비롯하여 문학상을 수상하는 경우도 많아지고 있다. 서구의 영 어덜트와도 비슷한데, 일본의 라이트 노벨에서 독특한 점은 마니아 성향이 더욱 강하다는 점이다.

판타지, 학원물, SF, 역사물, 러브코미디, 호러 등 수많은 장르를 포괄하는 라이트 노벨은 현실을 다룰 때에도 비현실적인 요소를 과장하는 경우가 많다. 평범한 남자 주인공이 미녀들로 둘러싸이는 하렘물도 그렇고, 외계인이나 귀신이 주변인으로 자연스럽게 등장하고, 엄청난 천재와 미남미녀가 일상적으로 출몰한다. 소위 '만화적 상상력'이라고 할 만한 설정, 캐릭터, 이야기가 태연하게 혹은 너무나도 진지하게 흘러간다. 그런 점에서 라이트 노벨은 애니메이션 감각으로 쓴 소설이라고 할 수도 있다.

　그러니까 라이트 노벨은 비현실적인 이야기들로 축조된 상상의 세계다. 비현실적인 장치와 기교를 통해 독자를 끌어당긴다는 점에서는 철저히 논리적이고 합리적인 조건과 단서들로 이루어져야 하는 본격 미스터리와 대립된다. 그런데 묘하게도 라이트 노벨과 본격은 무척 잘 어울린다. 라이트 노벨의 선두주자인 니시오 이신의 데뷔작 '헛소리 시리즈' 1편인 『잘린 머리 사이클』은 외딴섬에 은둔하는 재벌가의 딸이 과학, 회화, 요리, 점술, 공학의 천재 여성을 초대한 순간 밀실 연쇄 살인 사건이 일어난다. 설정만 봐도 비현실적이지만, 이 소설에서 중요한 것은 말로 만들어내는 '현실'이다. 독자가 그럴듯하게 느끼기만 한다면, 가상의 세계일지라도 앞뒤가 들어맞는 논리가 있다면 공감한다. 다른 세계이건, 우리가 사는 세계의 전혀 다른 모습이건 상관없다.

『마루타마치 르부아』에도 절세의 미남미녀, 모든 것을 기억하는 남자와 모든 것을 속이는 사기꾼이 등장하여 이야기를 펼친다. 배경은 교토. 갓 대학에 들어간 시로사카 론고는 할아버지를 살해했다는 혐의를 받는다. 하지만 그가 서는 곳은 법정이 아니라, 사적으로 문제의 시비를 가리는 '쌍룡회'다. 역시 대학생인 타츠야는 선배의 부름을 받아 론고를 도와주러 쌍룡회에 나간다. 할아버지가 죽었을 때, 론고는 처음 만난 루즈라는 여성과 함께 있었다. 하지만 그녀를 본 사람도, 그곳에 있었다는 증거도 없다. 론고가 그 사실을 증명하지 못한다면 명예도 잃고, 가문의 권리도 잃게 된다. 그러니까 『마루타마치 르부아』는 론고의 무죄를 증명해야만 하는 추리 소설이다.

하지만 쌍룡회는 법정이 아니다. 합법적인 증거만이 아니라 때로는 거짓이나 조작으로도 상대를 제압할 수 있다. 그럴듯하면 모든 것이 용납된다. 라이트 노벨이 추구하는 현실은 이 세계의 법칙과 상관이 없다. 검사 역할을 하는 타츠기 가문의 수장 랏카는 "이 혓바닥은 거짓을 진실로, 진실을 거짓으로 바꾸는 데 사용"한다고 말한다. 타츠야는 이렇게 말한다. "너희는 둘 다 말을 통해 사람들에게 꿈을 보여주지. 하지만 나는 반대야. 말을 흐트러뜨리고 꿈에서 깨우는 자거든." 라이트 노벨은 말을 통해서 꿈을 보여주는 소설이다. "깨어나도 깨어나도 꿈속이라니. 그건 악몽이나 다름

없지만 이렇게 쾌활한 기분으로 눈을 뜬 걸 보면, 마지막에 구원이 있으면 악몽도 그리 나쁘지는 않은가 보다"라는 말처럼 라이트 노벨은 환상으로 독자를, 고단한 현실을 위무하는 소설인 것이다.

『마루타마치 르부아』는 철저하게 논리적인 방법으로 재판에서 이기는 과정을 보여준다. 가짜 현실은 존재하지만 그릇되거나 허술한 논리는 존재하지 않는다. 동시에 본격 미스터리로서도 탁월한 트릭과 반전을 보여준다. 독자가 비현실적인 설정만 받아들여준다면 '일체의 비논리성을 배제한 지적 유희'로서 대단히 즐겁고, 지적인 자극도 준다. 게임으로서의 본격 미스터리와 그럴듯한 가상의 세계를 만들어내는 라이트 노벨의 조화는 그럴듯하다. 본격 미스터리를 읽으면서, 현실적이지 않아 몰입이 되지 않는다는 독자도 꽤 많다. 그렇다면 철저한 게임으로서의 본격을 만들어내서 기존의 본격 미스터리를 좋아하는 정통 독자와 함께 라이트 노벨과 웹소설에 친숙한 젊은 독자도 끌어들일 수 있지 않을까?

사회파 추리가 중시하는 범죄의 동기를 다루는 경향도 복잡해진다. 요시다 슈이치의 『악인』에서 중심이 되는 범죄는 산속 도로에서 여성을 목 졸라 죽인 사건이다. 범인은 유이치다. 하지만 소설을 읽고 있으면 유이치에게는 오히려 연민이 느껴진다. 그가 살인을 한 것은 분명하지만, 그 이상으로 범죄를 저지르지 않은 다른 사람들이 '악인'으로 느껴지는 것이다. 단지 기분 나쁘다는 이유로 여자를 산속 도로에 내팽개치고 가버린 남자, 사건과 희생자에 대해 인터넷에 마구 험담을 내뱉는 사람들 등등. 유이치 역시 악인의 범주에 들어가지만, 사회적 동기에 대해서는 다시 한 번 생각해보게 만든다.

히가시노 게이고는 초기작에서 본격 추리를 선보이다가 점점 동기를 중시하는 작품을 발표한다. 스스로 언제부턴가 '왜'를 질문하게 되었다고 말한다. 사람은 왜 사람을 죽이는 것일까? 돈이나 치정 같은 단순한 목적이라면 오히려 명쾌하다. 하지만 과연 그것뿐일까? 가족을 죽이고, 친구를 죽이고, 자식을 죽인다. 과연 사랑이나 애착은 없었던 것일까? 『악의』에서는 사건의 트릭보다는 왜 죽였는가를 파고들어간다. 남들이 보기에는 아무것도 아닌, 아니 가해자와 피해자조차 별것 아니라고 생각했던 것들이 점점 커진다. 커지는 것조차 모르고 있다가 문득 돌아보니 살의가 느껴졌다. 그를 죽이고 싶었다.

현대 사회에서는 사이코패스가 등장하고, 묻지마 범죄도 늘어나면서 '동기'는 점점 더 복잡해진다. 누쿠이 도쿠로의 『미소 짓는 사람』은 동기의 근원을 파고들어본다. 아내와 딸을 죽인 은행원 니토. 이유가 뭐냐고 물으면 "책 놓을 공간이 없어서"라고 말한다. 아무도 믿지 않는다. 말이 안 되는 동기를 들이대는 이유가 무엇인지 궁금해진 소설가가 니토의 주변을 취재하기 시작한다. 주변 사람들은 한결같이 그가 죽였을 리 없다고 말한다. 언제나 냉정하고 이성적이며 화를 내지 않았다고 말한다. 타인에게는 늘 친절하고 공정했다고 한다. 과거의 행적으로 더욱 파고들자 조금씩 다른 이야기가 나오기 시작한다.

보통의 미스터리라면 '이해할 수 있는 이야기'를 만들어낸다. 범인의 동기가 아무리 터무니없다 해도, 아무리 복잡하게 얽혀 있더라도 심연을 파고들어 독자에게 이유를 전달한다. 『백야행』, 『용의자 X의 헌신』의 히가시노 게이고는 자신의 소설을 읽는 독자에게 "이런 사소한 이유로 사람을 죽일 수 있다니"라는 말을 듣고 싶다고 말했다. 이미 현대 사회는 사람을 죽이는 사소한 이유가 지나칠 정도로 넘쳐나는 곳이니까.

이해하기 힘든 사건 또는 단순해 보이지만 이면에 다른 의미나 복선이 짙게 깔린 사건을 다면적으로 들여다보기 위해 흔히 쓰이는 형식이 '인터뷰'다. 나오키상을 받은 미야베 미유키의 『이유』는 고층아파트에서 살해된 일가족 살해 사건을 총체적으로 파악하기 위해 주변 수많은 사람들의 이야기를 듣는 형식으로 구성되어 있다. 사건 당사자만이 아니라 그들의 가족, 지역 주민들의 이야기까지. 『이유』는 하나의 사건이 단지 가해자와 피해자의 관계만이 아니라 그들이 살아가는 사회의 모순이 집약적으로 누적되어 발생하는 것이라고 말해준다.

『미소 짓는 사람』도 형식은 흡사하지만 인터뷰를 선택한 이유는 조금 다르다. 주인공은 니토가 아내와 딸을 살해한 사건의 이유는 굳이 파헤치지 않는다. 그의 관심은 니토가 대체 어떤 사람이었나에 집중되어 있다. 니토의 과거를 거슬러 올라가다가 초등학교 시절의 사건을 알게 된다. 그리고 말한다. "보통 사람은 이해할 수 없는 동기로 사람을 죽이는 남자는 이렇게 탄생한 것이다." 소설가인 '나'에게 중요한 것은 지금 벌어진 사건의 진상이 아니라, 그런 사건을 저지를 수 있었던 사람의 내력이다. 그런데 결과적으로 주인공은 실패한다. 마지막까지 파헤치면 알 수 있을 것 같았는데 결국은 미궁에 빠져버린다.

누쿠이 도쿠로의 말에 의하면 『미소 짓는 사람』은 자기 작품 중 '최고 걸작'이 아니라 '최고 도달점'에 이른 작품이다. "미스터리로 갈 수 있는 끝까지 가서, 이 이상 가면 미스터리의 범주에서 벗어나게 되는 아슬아슬한 부분의 이야기라는 의미로 최고 도달점이라는 표현을 써"본 것이다. "우리는 타인을 이해하지 못한 채 이해한 척 하며 살고 있다. (…) 이해하지 못한다는 것을 인정하면 바로 불안해지니까." 이 말처럼, 『미소 짓는 사람』은 독자가 원하는 의문을 말끔히 해소하고 동기에 대해 이해를 하는 미스터리의 공식을 거부한다. 그리고 '이해할 수 없는 이야기'가 어떻게 하나의 완성된 작품으로 존재할 수 있는지를 보여준다.

누쿠이 도쿠로가 『미소 짓는 사람』을 통해 이해할 수 없는 이야기를 전개한 것은, 괴담의 형식과도 유사하다. 사람들 사이에서 전파되는 괴담은 기승전결의 형태를 갖지 않는다. 갑자기 나타나고, 그것이 무엇인지 완벽하게 설명해주는 괴담은 거의 없다. 오노 후유미의 『잔예』를 보면 『미소 짓는 사람』과 비슷한 지점이 느껴진다. 이상한 현상을 쫓아 과거로 계속 거슬러 올라간다. 단서가 나온다. 그런데 또 다른 단서가 있다. 계속 무엇인가를 찾아가지만 어렴풋이 짐작만 할 뿐이다. 인간이 살고 있는 세상은 인간의 완벽한 이해를 거부한다. 애초에 인간의 능력으로서는 불가능한 일일지도 모른다. 그런 점에서 애초에 미스터리는 불가해한 세계를 인간의 방식으로 이해하고 규명하기 위해 만들어낸 가상의 세계일 수도 있다. 본격 미스터리가 그렇듯이.

4

미스터리
그리고 사회

애초에 장르는 단순히 문학예술의 종류나 형태를 가르는 것이었지만, 현대의 장르는 대중적인 오락물을 주로 일컫는 말이 되었다. 소설에서는 추리와 공포 등의 대중적인 읽을거리를, 영화에서는 뮤지컬, 서부극, 필름 누아르 등 일정한 공식으로 만들어지는 영화를 장르 소설과 장르 영화라고 흔히 부른다. 장르는 독자와 관객, 즉 대중이 기대하는 것을 충족시켜 준다. 동시에 대중이 쉽게 장르의 규칙들을 받아들이고 이해할 수 있도록 도와준다. 장르에 익숙한 관객이라면 거의 첫 장면을 보는 순간에, 이야기의 맥을 잡을 수 있는 것이다.

다양한 장르 중에서 가장 친숙한 것은 미스터리라고 할 수 있다. 가상의 세계나 발명품 등이 등장하는 SF나 초자연적인 존재가 나오는 공포의 경우는 대중이 받아들이기 위한 전제가 필요하다. 지금 우리가 살아가는 현실은 아니지만, 새로운 세계의 리얼리티에 동의해야만 독자가 이야기 속으로 들어갈 수 있다. 반면, 미스터리는 우리가 살아가는 현실의 이야기 그대로다. 내가 경험하지는 않았지만, 매스미디어를 통해 들었을 법한 사건과 범죄들을 작품 속에서 만나게 된다. 미스터리를 쓰는 것도 마찬가지다. 현실의 범죄와 모순에서 출발하는 것, 당대의 풍경을 정확하고 예리하게 그려내는 것이 중요하다.

미스터리와 현실의 관계

사회가 복잡해질수록 미스터리도 따라서 복잡해질 수밖에 없다. 제리 브룩하이머가 제작한 〈CSI〉의 스핀오프인 〈CSI 사이버〉는 인터넷을 이용한 첨단 범죄를 다루는 드라마다. 딥 웹에 숨어 있는 극악한 범죄자를 비롯해 인터넷 게임을 하다가 자신도 모르게 범죄의 일부가 되어버린 청소년, 인터넷 사기에 속아 가족을 잃은 여인 등이 직간접적으로 사이버 범죄에 얽혀 있다. 범인을 찾아내는 방식도 인터넷을 통해서 이루어진다. 구체적으로 어떤 테크닉으로 용의자를 추적하거나 함정에 빠트리는지는 전문지식이 없어서 잘 모를 수 있다. 하지만 수사 과정을 보는 것만으로도 흥미진진하다. 지금 세계에서 일어나는 첨단의 사건들을 보고 있으니까.

그런데 〈CSI 사이버〉의 악인들이 범죄를 저지르는 동기는 거의 한결 같다. 돈 아니면 치정. 만약 40분 정도의 〈CSI 사이버〉 같은 드라마에서 복잡한 동기를 다룬다면, 시청자는 난해한 IT 기술을 따라가는 것만이 아니라 동기를 이해하는 수고까지 더해야 한다. 사건의 진행과정이 복잡하다면, 범인의 동기는 명확해지는 것이 좋다.

〈로 앤 오더〉의 스핀오프인 〈로 앤 오더 CI〉(국내에서는 〈뉴욕특수수사대〉라는 제목으로 방영)는 강력 범죄, 지식인 범죄 등 특수한 사건을 다루는 드라마다. 〈로 앤 오더〉는 사건을 수사하는 경찰과 범인을 잡고 기소를 하여 재판을 하는 검찰을 모두 다룬다. 전반에는 수사, 후반에는 재판으로 구성되어 있다. 변호사의 능력에 따라 혹은 정치적 상황에 따라 명백한 범인이 풀려나는 경우도 있다. 세상이 항상 정의로 귀결되지는 않는다는 진리를 보여준다는 점에서 〈로 앤 오더〉는 잔인하지만 현실적이다.

반면 〈로 앤 오더 CI〉는 재판이 나오는 경우는 거의 없고, 범죄를 저지를 이유가 딱히 없어 보이는 상류층이나 전문직 혹은 특이한 범죄를 다루고 있다. 주인공인 고렌 형사는 증거가 없을 때 범인과 대화하거나 심문하는 과정에서 치명적으로 무엇인가를 건드린다. 때로는 트라우마를, 때로는 질투심을, 때로는 자만심을. 그러면 범인은 고렌의 미끼를 물어 슬쩍 끌려오면서 자신도 모르게 자백을 하거나 정보를

흘린다. 〈로 앤 오더 CI〉에서는 동기를 찾아내는, 마음속에 깊이 숨어 있는 악의를 찾아내는 데 주력한다.

고전 추리에서는 알리바이, 시간 차, 흉기 등이 트릭의 방법으로 많이 쓰인다. 그런데 오늘날 범죄의 양상이 너무 많이 바뀌었다. 1990년대 들어서 가장 많이 바뀐 것은 DNA 조사가 가능해진 것이다. 과거에는 혈액형 확인만 가능했기에 억울하게 범인으로 몰릴 가능성도 높았다. DNA 조사가 가능해진 후에, 범인으로 지목받아 형을 살고 있는 사람이 재심을 요청해, 유력한 물증이던 혈흔이 다른 사람의 것으로 밝혀지면서 석방되는 경우도 나왔다. 영화 〈컨빅션〉은 오빠의 누명을 벗기기 위해 재심을 신청하는 여인의 이야기를 그렸고, 드라마 〈렉티파이〉는 여자친구를 살해했다는 혐의로 복역 중이었다가 DNA 판정을 통해 풀려나 20년 만에 고향으로 돌아온 남자의 이야기다. 지금은 혈흔의 DNA가 일치하는 것으로 결과가 나오면 대부분 범인을 확정할 수 있다.

이처럼 지금은 과학수사가 대세다. 과학수사에 대해 대중적으로 이해를 높인 작품은 아무래도 드라마였다. 알리바이 조작이나 트릭을 밝혀내는 콜롬보의 탁월한 센스에 경탄하던 〈형사 콜롬보〉에 익숙한 시청자라면 처음 〈CSI〉를 보면서 혼란스러울 수 있다. DNA 검사, 레이저를 이용한 탄도 추적, 컴퓨터 시뮬레이션을 통한 범죄 현장 재현 등 화학과

물리, 수학을 총동원한 수사 기법은 보는 것만으로도 머리가 아플 지경이다. 게다가 2개의 사건을 병렬적으로 진행하는 구성은 느긋하게 추리물을 즐기고 싶은 시청자를 혼란스럽게 했다. 하지만 얼마 지나지 않아 〈CSI〉는 가장 인기 있는 드라마가 되었다.

몇 개의 개념만 미리 숙지한다면, 〈CSI〉 스타일의 범죄 드라마는 오히려 따라가기가 쉽다. 정확하게 답이 나오는 과학의 속성대로 진행되기 때문이다. 과학수사의 최신 이론과 법의학에 대해 조금만 알고 있다면, 모든 수사 드라마와 추리물에 쉽게 접근할 수 있다. 과학수사란 게 지금 갑자기 등장한 것만도 아니다. 아서 코난 도일이 창조한 셜록 홈즈는 신발에 묻은 흙으로 범인이 어떤 지역에서 왔는지 알아내고, 옷차림으로 계급이나 직업을 알아내는 등 과학수사의 기본을 이미 시작했던 탐정이다. DNA 분석이나 혈흔 감정 등으로 신원을 알아내는 방법이 그때에는 없었을 뿐. 과학이 발달하면서 자연스럽게 새로운 신원 확인 방법이 도입되고 과학수사가 중시된 것이다.

미국에서 법의학적 수사가 관심을 끌게 된 것은 1996년의 O.J. 심슨 사건 때문이다. 아내를 죽이고 도주한 혐의로 법정에 선 심슨의 유죄를 입증하기 위하여 법정에서 지문과 DNA, 발자국, 모발, 섬유, 혈청학 등의 증거가 제시되었다. 비록 심슨이 무죄 판결을 받기는 했지만, 미국의 수많은 시청자들은 TV를 통해 재판 과정을 보면서 과학수사가 얼마나 놀라운 세계인지를 알게 되었다. 그리고 2000년에 시작된 범죄 드라마 〈CSI〉가 과학수사의 모든 것을 알려주기 시작했다.

〈CSI〉는 라스베가스 경찰의 과학수사대를 무대로 범죄 현장의 증거를 모으고 분석하여 범인을 찾아내는 과정을 극사실적으로 묘사하여 더욱 화제를 모았다. 〈CSI〉는 총이 인체를 파고들어가는 과정이나 뼈가 부러지는 과정, 내장이 파열되는 모습 등을 모형과 그래픽을 통하여 그대로 보여준다. 과학수사대원들이 증거를 통해 실제 범죄를 추정하는 과정을 그대로 영상으로 재현한 것이다. 대중은 〈CSI〉를 보며 개별적인 증거가 어떻게 모여 범죄의 전체 윤곽을 잡아내는지를 생생하게 느낄 수 있었다. 과학수사에 대해 알고 싶다면 〈CSI〉 시리즈와 해군 과학수사대가 배경인 〈NCIS〉 그리고 〈본즈〉 등 볼 드라마가 차고 넘친다. 법의학에 대해 알고 싶다면 고다 마모라의 만화 『여검시관 히카루』를 권한다.

기술의 발달과 수사의 진화

〈CSI 라스베가스〉의 그리썸 반장은 증언이 아니라 증거를 믿는다고 말한다. 과학수사의 기본은 부정확한 누군가의 증언이 아니라 절대로 거짓말을 하지 않는 증거에 의해 좌우

된다는 신념을 말하는 것이다. 하지만 반대의 경우도 뒤를 이어 나왔다. 과학수사가 과학자와 법의학자에 의해 발전되었다면, 흔히 프로파일링이라고 부르는 '범죄자 심리 분석'과 '행동 분석'은 정신병리학자와 심리학자에 의해 시작되었고 FBI에 의해 체계화되었다.

범인의 행동을 분석하는 기법이 대중의 관심을 자극하게 된 계기는 1992년 아카데미상을 수상한 〈양들의 침묵〉 덕분이었다. 영화 속의 렉터 박사는 FBI 요원을 도와 피해자와 직접적 연관이 없는 연쇄 살인범의 심리와 행동을 분석하여 범인이 누구인지 밝혀내는데 지대한 공헌을 한다. 원작자인 토머스 해리스는 한니발 시리즈를 집필하면서 FBI 아카데미에서 진행되는, 행동과학부 요원들이 제공하는 연쇄 살인범에 대한 훈련과정에 참가했다.

범인이 범죄 대상을 고르는 패턴이나 살해 도구와 방법 등을 통해서 그가 누구인지 밝혀내는 프로파일링은 불특정 다수에 대한 범죄가 많아지는 현대사회에서 더욱 필요한 수사기법이다. 프로파일링이 무엇인지 구체적으로 알고 싶다면 프로파일링 기법으로 범인을 잡는 수사 드라마 〈크리미널 마인드〉를 보면 된다. 물론 영화나 드라마에 나오는 것처럼 실제 프로파일링이 순간적인 직관과 논리에만 의존하는 것은 아니다. 심리와 행동 분석을 위해서도 역시 다양한 범죄의 증거와 증언들을 수집해야 한다.

그렇기에 지금 미스터리를 쓰는 방식은 과거와 다를 수밖에 없다. 과거에는 살인이 벌어지면 피해자가 누구인지 확인하고, 주변 사람들과의 관계가 어땠는지 밝혀내고, 사라진 물건이 있다면 찾으러 다녔다. 보통은 지금도 이렇다. 하지만 사이코패스나 연쇄 살인범의 범죄라면 피해자의 주변을 파헤치는 것만으로는 용의자를 특징할 수 없다. 여기서 필요한 것은 프로파일링이다. 연쇄 살인이라는 것이 확인되면 일단 피해자들의 공통점을 찾는다. 피해자들의 직업, 외모, 생활습관 등을 통해 이런 성향의 사람들을 노리는 범인은 어떤 사람일까? 어떤 이유와 목적으로 피해자 집단을 고른 것일까?

2000년대 초반 신촌과 홍대 인근에서 여성들을 노린 퍽치기 사건이 연쇄적으로 벌어졌다. 비 오는 날에 여성이 혼자 골목길을 걸어갈 때 뒤에서 머리를 가격하여 쓰러트린 후 물건을 훔쳐가는 수법이었다. 우범자를 찾고, 인근의 주민을 대상으로 탐문 수사를 하던 경찰은 온갖 방법을 다 동원했다. 인근 지역에 살고 있다. 새벽에 혼자 나와 범행을 하니 가족이 있으면 힘들 것이다. 그래서 혼자 살고 있는 20, 30대 남자를 찾기 위해 중국집마다 혼자 짜장면이나 짬뽕을 시켜먹은 집이 없는지 다 확인해 봤다. 그리고 비 오는 날 범행을 하는 장면이 있는 〈공공의 적〉을 빌려간 사람을 다 찾아봤다. 그렇게 해서 바로 범인을 잡지는 못했다. 하지만 원래 수사는 발로 뛰는 것이다.

최근에는 CCTV를 활용한 수사가 대단히 많다. 부산에서 한 살인 사건이 났을 때, 범행 시간대 아파트 주변 골목길을 모두 확인했다. 그리고 용의자를 확정한 후, 골목길을 따라서 버스 정류장에서 어떤 버스를 타는지 확인하고, 노선을 따라 다시 CCTV를 통해 내리는 것을 확인하고, 어느 길로 접어드는지 확인하여 범인이 사는 곳까지 따라갈 수 있었다. 그가 누구인지 신분을 정확히 알지는 못해도, 사는 곳을 알고 있다면 큰 문제가 없다. 어느 버스를 탔는지가 찍히지 않았다면, 동 시간대에 신용카드 등을 이용하여 버스를 탄 사람들을 찾아내 수상한 사람을 본 적이 없는지 확인한다.

CCTV는 기계의 힘을 빌리는 것이지만, 그것 역시 엄청난 인간의 확인 작업을 통해 이루어진다는 것을 생각하면 별다르지 않다. 할리우드 영화를 보면 컴퓨터가 바로 안면 인식을 해서 확인하지만 현실은 그렇지 않다. 게다가 CCTV가 고장 나거나 가짜로 달려 있는 경우도 있고, 있다 해도 해상도가 낮아 거의 인식이 불가능한 경우도 있다. CCTV가 있기 때문에 이제 고전적인 미스터리는 아예 불가능하다고 주장하는 사람들도 있지만 CCTV를 이용하여 트릭을 만드는 것도 얼마든지 가능하고 교묘하게 맹점을 이용할 수도 있다.

〈그것이 알고 싶다〉에 나온 여성 치기공사 실종 사건은

CCTV를 확인할 수 있는 기간을 놓쳐 미궁으로 빠졌다. 약혼자와 함께 미국으로 가기로 되어 있었고, 출국 후에는 연락이 되지 않을 것이라고 미리 말해두었기에 CCTV를 확인하지 않은 것이다. 계속 연락이 되지 않아 확인해 보니 아예 출국 기록이 없었고, 국내에서 신용카드를 쓴 흔적이 있었다. 용의자는 약혼자, 실종되기 직전에 마지막으로 만난 사람이었으며 신용카드를 썼고, 칼을 산 영수증 등 물증은 여러 가지가 있었다. 하지만 결정적으로 사체를 발견하지 못했다. 유기했다는 심증은 있지만 이미 CCTV의 녹화분을 보관하는 기간이 지나버려 확인이 불가능한 것이다.

이처럼 범죄가 성립할 수 없도록 시체를 숨겨버리는 방법이나 청부살인을 하는 방법 등은 현대에서 점점 많아지고 있다. 노리즈키 린타로의 『킹을 찾아라』에 나오는 것처럼 교환 살인도 가능하다. 하지만 일단 용의선상에 오른 사람이 혐의를 벗기 위해서는 수상한 통화나 이메일 기록이 없어야 한다. 대포폰을 사용하지 않고는 불가능하다. 마찬가지로 수상한 사람과의 연결을 의미하는 흔적도 일체 없어야 한다. 청부 살인이나 교환 살인을 하기 위해서는 복잡하고 치밀한 방법이 필요하다. 트릭을 만들어내는 방법도 다양해진다.

탐정이 합법적이지 않다는 것은 한국에서 미스터리를 쓸 때 부딪히는 난점 중 하나다. 형사와 경찰이 아니라면 수사를 할 수 있는 사람이 없기 때문이다. 그래서 흥신소나 전직 형사 등 아마추어 탐정이나 유사 업종에 있었던 사람을 등장시켜야만 했다. 하지만 한국에서도 곧 탐정이 합법화될 가능성이 높다. 합법화된다면 미스터리에서 좀 더 다양한 인물을 등장시킬 수 있을 것이다. 현대의 범죄가 너무 복잡하고 다양해지면서 경찰이 모든 사건에 개입하기도 힘들고, 수사를 해도 전력을 기울이지 않는 경우도 많다. 스토킹이나 집단 따돌림은 경찰이 개입할 시점도 애매하다. 탐정이 합법화된다면 이런 사건들을 다각도로 다루는 것도 가능해진다. 마찬가지로 한국에서 법정물도 쉽지 않았다. 미국처럼 법정에서 드라마틱한 반전이나 공방전이 거의 벌어지지 않기 때문이다.

현실을 반영한 미스터리의 가능성

현실을 반영한 미스터리는 수많은 이야기로 뻗어나갈 수 있다. 『64』, 『동기』, 『제3의 시효』의 요코야마 히데오처럼 경찰 내부의 이야기를 엮어서 그리는 미스터리도 가능하다. 때로는 경찰과 검찰의 내부 사정에 따라 수사의 향방이 달라질 때도 있기 때문이다. 액션물도 정교하게 만들 수 있다. 영화로도 만들어진 리 차일드의 '잭 리처' 시리즈는 기본적으로 액션을 중심으로 펼쳐진다. 하지만 『1310』처럼 사건의 수수께끼를 풀어가는 과정이 중심에 놓이는 경우도 있다. 매

번 사건이 벌어지고 다가오는 상황에 맞부딪치는 것만 있으면 지루하다. 가끔은 변주를 주면서 주인공의 다른 면모를 보여줄 필요도 있다.

역사 추리물도 인기가 많다. 톰 롭 스미스의 『차일드 44』는 옛 소련의 스탈린 시대를 배경으로 한다. 공산주의 사회에서 비밀경찰은 일단 누군가를 체포하면 반드시 유죄를 만들어야 한다. 당은, 국가는 오류가 없기 때문에. 또한 사회주의 국가에는 사회적 모순이 없다고 주장하기 때문에 절도와 살인 등의 범죄가 있을 수 없다. 그래서 연쇄 살인이 벌어져도 은폐한다. 지금 우리의 현실과는 다르지만 다른 시간, 다른 공간의 사회를 잘 보여주면서 미스터리를 만들어내면 지적 즐거움도 커진다. 또한 미스터리의 기본인 수수께끼 풀이를 중심으로 이야기를 진행시키면서 당대를 더욱 구체적으로 그려내는 것도 가능하다. 이인화의 『영원한 제국』도 국내에서 인기를 끈 역사 미스터리다.

보편적인 것은 아니지만 범죄소설에 자주 등장하는 것으로 다중인격과 사이코메트리도 있다. 다중인격은 한 사람의 내면에 여러 개의 인격이 있는 것을 말한다. 평소에는 유순한 사람이 인격이 바뀌면서 잔혹한 범죄를 저지르지만, 기억조차 하지 못한다. 알프레드 히치콕의 〈사이코〉도 일종의 다중인격이라 할 수 있고, 가장 탁월하게 다중인격을 묘사한 영화로는 〈아이덴티티〉, 만화로는 『다중인격탐정 사이코』를 들 수 있다. 드라마 〈마왕〉에 나왔던 사이코메트리는 사물을 만지면 그것의 역사를 모두 알 수 있는 능력을 말한다. 과학적으로는 증명되지 않은 초자연적인 힘이지만 의외로 수사물에 많이 등장한다. 만화『미스테리극장 에지』와 영화, 드라마로 만들어진『데드 존』이 대표적이다.

5

한국에서
미스터리 장르의 가능성

한국에도 김내성 등 추리소설의 선구자가 있고, 1970년대
와 1980년대에는 김성종이라는 탁월한 작가 덕분에 추리소
설은 꽤나 대중적인 인기를 누릴 수 있었다. 1980년대에는
이수광, 노원 등 다양한 작가들이 활동했다. 하지만 지나치
게 폭력과 선정적인 효과에만 치중한 나머지 점차 독자들이
이탈하게 되었다. 특히 여성 독자들이 멀어진 것은 치명적
이었다. 이렇게 된 이유 중 하나는 당시 추리소설이 주로 발
표되었던 지면이 스포츠신문이라는 사정도 있었다. 스포츠
신문의 경쟁이 치열해지면서 전체적으로 선정주의로 흘러
갔고, 만화와 소설이 그 선두에 있었다. 외국의 스릴러물 같
은 이야기 구조를 가지고 있지만, 현실과는 접점이 거의 없
는 한국의 추리소설은 끝없이 추락했다.

　한국의 지나친 엄숙주의도 한몫했다. 오락으로서의 소설

에 대해서는 누구도 옹호하지 않았다. 이를테면 1970년대 일본에서는 만화의 선정성을 비난하는 시각에 대해, 젊은 평론가들이 나서서 옹호하면서 만화를 하나의 엄연한 예술 매체이자 장르로 성장하게 만들었다. 한국에서는 불가능했다. 심지어 장르 소설을 좋아하는 마니아들도 상업적인 소설을 배제하는 경향이 있다. 국내 SF 마니아 일부는 다나카 요시키의 『은하영웅전설』을 SF가 아니라고 말한다. 배경이 지구 바깥의 우주공간이고 우주선이 나온다고 다 SF냐, 『은하영웅전설』은 그냥 무협지를 우주공간으로 바꿔놓았을 뿐이다, 라는 주장이다. 〈스타워즈〉나 〈스타트렉〉도 SF라고 규정하기 힘들다는 주장을 한다. 요컨대 인간과 사회의 존재, 과학적이며 철학적인 미래의 예측 같은 것들이 깔려 있어야 진정한 SF라는 것이다. 하지만 그렇게 협소하게 생각한다면 장르의 의미 자체도 한없이 축소된다. SF의 시작부터 『화성의 공주』 같은 스페이스 오페라space opera가 함께 있었음을 생각하면 그런 주장은 역사적으로도 옳지 않다. 미스터리를 볼 때도 히가시노 게이고는 천박하고 그나마 미야베 미유키는 뛰어나다, 마쓰모토 세이초는 거장이고 그에 비하면 미야베 미유키는 조잡하다 등의 편협한 시각이 비일비재하다.

장르소설을 보는 국내의 시각은 한없이 비루하다. 아이들이나 보는 것, 선정적이고 폭력적인 것 등으로 폄하한다. 의식적으로 장르소설을 내는 출판사들도 많지 않았고, 작가지망생도 많지 않았다. 게다가 국내의 추리소설이 주변 장르로 전락하면서 선정성과 폭력성은 더욱 가중되었다. 한때 나왔던 호러, 스릴러 단편집을 보면 공포는 대부분 잔인한 신체 훼손이 나오는 고어물이고, 스릴러 소설은 기괴한 연쇄 살인범과의 대결을 그린 액션 스릴러인 경우가 많았다. 일반 독자가 쉽게 접근할 수 없는, 소수 마니아의 경향성을 따라간 경우가 많았던 것이다. 김성종, 이수광 등 기존 추리소설 작가들도 아직 활동하고 있으며 정통 추리소설을 쓰는 작가들도 있다. 하지만 기존 작가들은 여전히 80년대 스타일에서 벗어나지 못하고 있다.

한국에서 스릴러물이 그나마 잘되는 곳은 영화다. 〈추격자〉〈숨바꼭질〉 등 흥행에 성공하는 수작들도 많이 나온다. 하지만 많은 스릴러물이 할리우드의 스릴러를 적당히 베끼고 있다. 연쇄 살인마가 등장하는 한국 스릴러 영화 태반은 예술가형 사이코패스를 등장시킨다. 〈양들의 침묵〉에 나오는 버팔로 빌을 생각하면 된다. 그는 여성이 되고 싶다는 욕망 때문에 여자를 납치해 가죽을 벗긴다. 그것으로 옷을 만들어 뒤집어쓴다. 단순한 증오나 현실적인 목적 때문이 아니라 내재적·예술적 욕망을 위하여 연속으로 살인을 저지르는 존재. 예술가형 사이코패스는 자신의 범죄를 세상에 드러내고 주목받기 원하는 경우가 많다. 미국이나 일본에서는 범행을 저지르고 언론사에 편지를 보내거나, 사체를 훼히 눈에 뜨이는 곳에 방치하는 사건들이 꽤 있었다. 데이비드 핀처의 〈조디악〉은 실화를 영화화했고, 토비 후퍼의 〈텍사스 전기톱 대학살〉은 에드 게인이라는 연쇄 살인마의 범죄에서 영감을 받았다.

하지만 한국의 연쇄 살인범들을 생각해보자. 유영철, 강호순 등은 연속으로 여성을 납치하고 죽였지만 목적이 분명했다. 그들은 사건을 공개하거나 사람들의 주목을 받는 걸 원하지 않았다. 지존파도 사회적인 이유가 더 컸다. 지금까지 한국에서 예술가형 사이코패스의 범행은 눈에 띄지 않았다. 하지만 영화에서는 무수하게 보고 있다. 여성을 납치하여 조각을 만들어 전시하거나, 자신만의 지고한 욕망을 내비치는 것. 〈양들의 침묵〉의 한니발에게 영향을 받은 것은 이해하지만, 드라마 〈한니발〉이 점점 오리무중에 빠지는 것처럼 결코 쉬운 이야기가 아니다. 무엇보다 한국 사회와 연결이 되지 않는다. 한국 사회와는 전혀 동떨어진 기이한 살인마를 다루는 것이다. 잘 만들어진, 대중이 공감하는 스릴러 영화는 결국 현실이 제대로 투영되어 있는 이야기다. 캐릭터 역시.

최근 한국 미스터리의 상황은 점점 좋아지고 있다. 일단 외국 추리소설들이 적지만 꾸준히 읽히는 것은 고무적인 현상이다. 추리소설은 어린 시절부터 독자가 아니었다면 결코 쓸 수 없는 장르이기 때문이다. 좋은 추리소설이 많이 출간

되고, 그것을 읽는 독자가 점점 많아진다면 좋은 작가가 등장할 가능성 역시 높아진다. 또한 영화에서 스릴러가 인기를 끌면서 스릴러와 미스터리의 수요가 높아졌다. 내용은 다르지만 제목이 같은 영화 〈추격자〉와 드라마 〈추격자〉가 대성공을 거두었고, 케이블 드라마 〈신의 퀴즈〉 〈나쁜 녀석들〉 〈선암여고 탐정단〉 등도 성과가 좋았다. 정유정의 소설 『7년의 밤』은 베스트셀러가 되었고, 영화화되고 있다.

출판사에서는 해외 작품을 출간하여 판매하는 것 이상으로 국내 미스터리와 스릴러 작품을 발굴하여 출간했을 때 얻는 이득이 더 클 수도 있다는 것을 인식했다. 영화나 드라마로 만들어져 인기를 끌면 판권료만이 아니라 책 판매에서도 훨씬 이득이 되기 때문이다. 황금가지, 시공사 등 대형 출판사에서는 요즘 국내 작가를 확보하기 위해 많은 노력을 기울이고 있다. 매년 책 한 권씩을 쓸 수 있는 미스터리 작가의 숫자가 그리 많지 않기 때문이다. 웹소설에서도 미스터리 장르는 아직 취약하다. 미스터리 기법을 활용한 작품들은 많이 보이지만 본격적으로 미스터리와 스릴러를 표방하며 인기를 끄는 작품은 많지 않다. 이미 시장이 확실하게 자리 잡은 웹툰에서는 미스터리가 많이 등장했다.

지금은 미스터리에 도전하기에는 최적의 시기라고 볼 수 있다. 매년 책을 낼 수 있는 작가가 20명도 되지 않는다. 많은 출판사가 국내 작가를 찾고 있다. 웹소설로 미스터리를 쓰기 위해서는, 기존의 작법과는 다른 스타일을 익혀야 한다. 연재 시스템이기 때문에 매회마다 구성이 있어야 한다. 마지막에서는 다음 회를 기대하게 만드는, 궁금하게 만드는 뭔가가 있어야 한다. 매회에서 강약의 구조를 만들어내면서도 전체적인 미스터리를 만들어내는 것. 미드에서 아이디어를 가져올 수도 있다. 한 시즌 10회에서 24회 정도로 구성되는 미드는 한 시즌 전체를 관통하는 악당이 있으면서도, 매회마다 다른 사건을 추적하는 방식이 있다. 〈CSI〉가 대표적이다.

한국의 독자들은 이미 〈CSI〉, 〈셜록〉, 〈한니발〉, 〈덱스터〉 등 온갖 종류의 미국 범죄 드라마와 '제이슨 본' 시리즈, '미션 임파서블' 시리즈 등 스릴러 영화에 익숙해져 있다. 웬만한 것을 봐도 눈이 최상으로 높아져 있는 상태이기에 쉽게 넘어오지 않는다. 하지만 범죄는 사회의 축소판이다. 우리는 범죄를 단지 즐기기 위해 보는 것이 아니라 우리 사회를 돌아보는 창으로 사용한다. 영화와 드라마 〈추격자〉가 스릴러 불모지였던 한국에서 인기를 끈 것은 바로 그런 이유다. 우리의 현실을 일깨우니까. 그런 점에서 고상한 연쇄 살인마가 나오는 스릴러가 아니라 이 사회의 모순을 그대로 드러내는 국산 미스터리와 스릴러를 보고 싶다.

작법

미스터리 작가에게 듣는
미스터리 소설 쓰는 법

이상민

미스터리 소설은 어떻게 쓰는가? 참 어려운 질문이다. 대개 (작가로의 입문 과정이) 그러하듯 많은 독자들이 자기가 좋아하는 장르를 직접 쓰고 싶다는 충동에 사로잡혀 출사표를 던진다. 그러나 막상 제대로 끝을 맺는 경우는 매우 드문 편이다. 특히 미스터리는 읽는 독자 입장에서는 대단히 흥미롭고 재미있는 장르지만 쓰는 입장에선 결코 녹록하지 않다. 왜 그런가에 대해서는 많은 이유(기초적인 문법이나 소설 작법에 대한 몰이해라든가, 빈약한 어휘나 문장력 등등)가 있다. 그러나 여기서는 단순히 미스터리라는 장르를 쓰는 작업이라는 관점에서 몇 가지만 이야기를 해보겠다.

세계관과 인물 설계
미스터리는 기본적으로 수수께끼를 다룬다. 그 수수께끼의 범주는 매우 광범위해서 과학으로는 규명하기 어려운 초자연적인 요소에서부터 때로 실소를 머금을 정도로 간단한 트릭까지 포함한다. 소설의 이야기 속에서 미스터리가 메인이든, 흥미를 유발하기 위한 단순한 장치로만 쓰이든 간에, 단적으로 말하면 전부 미스터리 소설이라고 부를 수 있다. 독자는 작가가 소설 속에 심어놓은 그 수수께끼를 풀어나가면서 재미를 느낀다.

여기서 주의해야 할 점은 작가는 매우 공정하게 단서를 제공해야 한다는 것이다. 소설이 결말에 이르렀을 때, 아무런 단서도 없이 갑작스럽게 답을 제시하면 독자는 당황하고, 배신감을 느낄 수밖에 없다. 그래서 반드시 선결되어야 할 문제가 바로 이야기의 얼개를 튼튼하게 잘 짜야 한다는 것이다.

미스터리는 막연한 구상만으로 섣불리 덤비다가는 배를 띄우기도 전에 좌초되기 쉽다. 아무리 좋은 소재라고 하더라도 그것을 제대로 활용할 수 있도록 공들여 담금질을 해야 한다. 구상이 아니라 구성에 시간을 더 할애해야 한다는 이야기다. 촘촘하지 않은 엉성한 구성으로는 독자들을 설득하고 이해시키기 어렵다.

나를 비롯해서 많은 작가들은 소설 쓰기에 앞서 전체 이야기의 얼개와 등장인물들의 동선을 맞추는 일종의 설계 작업에 들어간다. 이것은 매우 중요한 작업이다. 글쓰기 훈련이 되지 않은 초보 작가들은 종종 머리로만 소설(특히 미스터리 소설)을 쓰려다가 쓰디쓴 실패를 맛보는 이유도 설계 과정을 무시했기 때문이다. 경험이 풍부한 작가들조차도 구성에 대한 설계를 느슨하게 했다가 집필 도중에 플롯이 무너지거나 이야기의 동력을 잃어 낭패를 본다. 그만큼 이야기의 얼개를 짜는 설계 과정은 반드시 필요하다고 해도 과언이 아니다.

잘 짜여진 이야기의 얼개는 개연성과 직결된다. 독자들이 소설에서 다루는 이야기가 억지스럽지 않고 비약이라고 느끼지 않게 하려면 개연성의 문제를 해결해야 한다. 주의해야 할 점은 개연성은 사실성과는 다르다는 거다. 미스터리는 앞서 언급했듯이 때론 초자연적인 요소를 다루기도 한다. 애초에 초자연적인 요소 자체가 사실성과는 거리가 멀다. 그럼 애써 선택한 소재를 버리고 사실성 있는 소재만 다룰 것인가? 꼭 그럴 필요는 없다.

그렇다면 독자들을 설득하는 과정이 필요한데, 그것이 바로 소설 속 배경에 대한 설명이다. 요즘에는 세계관이라는 용어를 쓰기도 하는데, 다른 말로는 설정이라는 표현도 쓴다. 용어야 어떻든 작가는 독자에게 소설 속 배경을 설명하고 이해시켜줄 의무가 있다. 그렇지 않으면 아무리 근사한 이야기를 짰더라도 설득력을 얻기 힘들어진다. 하지만 무성영화 시대의 연사처럼 작가가 작중 화자로 등장해서 시시콜

콜 배경 설명을 할 수도 없는 노릇이다. 그렇게 쓴다면 독자는 매정하게 책을 덮을 것이다.

이 시점에서 작가가 고민하고 또 기대야 할 게 바로 소설의 등장인물이다. 소설의 배경 설명은 등장인물의 소개를 통해서 이뤄지는 게 가장 자연스럽고 바람직하다. 무척 당연한 이야기이지만 독자는 소설 속 등장인물의 동선을 따라갈 수밖에 없다. 구구절절한 설명이 아니라, 등장인물을 묘사함으로써 제공하는 정보들이 배경 설명인 셈이다. 물론 소설에서 등장인물의 역할은 단지 배경 설명만을 위한 장치가 아니다.

조금 과장해서 말하면 미스터리, 아니 거의 모든 장르 소설에서 가장 중요한 것을 하나만 꼽으라면 바로 등장인물이다. 조금 더 솔직히 말하면 플롯이 다소 엉성하더라도(앞서 말한 얼개의 중요성에 위배되지만) 등장인물이 매력적이면 독자를 '속이는 것'도 가능하다. 간단히 말해서 독자가 주인공의 활약상/매력에 빠지면 다소 느슨하고 엉성한 플롯쯤은 간과한다는 의미다.

미스터리라는 장르의 특성상 어떤 경우에는 인물보다 사건을 더 중요하게 보고, 또 그렇게 집필하는 작가들도 있다. 하지만 그럼에도 인물의 중요성은 결코 퇴색되지 않는다. 다소 과장되게 표현했지만, 개인적인 생각은 이렇다. 만약에 미스터리 소설을 집필하고 싶은데 익사이팅한 플롯이나,

독특한 소재를 찾을 자신이 없다면 차라리 매력적인 인물을 만드는 데 집중하는 게 훨씬 더 현명하다.

한마디로, 잘 만든 인물은 열 플롯 부럽지 않다.

매력적인 주인공을 만들어라

세상에 선을 보인 수많은 미스터리 작품 중에 무작위로 한 작품만 꼽아보자. 아마도 그 작품의 내용은 가물가물하더라도 등장인물은 확실히 기억하는 경우가 더 많을 것이다. 『양들의 침묵』이 어떤 내용이었는지 기억하지 못하더라도, 한니발 렉터라는 희대의 식인살인마나 클라리스 스털링의 이름쯤은 기억할 것이다. 셜록 홈스나 왓슨이 누구인지는 다 알아도 수십 편에 달하는 작품 속에서 그들이 벌인 모험담을 읊어보라면 무척 막막할 것이다. 사실 그렇다. 실제로 이야기를 제대로 기억하는 사람은 많지 않다. 반면, 그 이야기의 주인공은 너무나 잘 안다. 거꾸로 주인공을 기억하면 그들이 어떤 이야기 속에 다뤄졌는지 유추하기란 매우 쉽다.

활을 잘 쏘는 로빈 후드는 지방 영주의 폭정에 대항하여 스스로 의적이 되었고, 탁월한 통찰력을 지닌 미스 마플 여사는 집을 나가지 않고도 마을 안에서 벌어지는 사건들을 해결했다. 오랫동안 인기를 누리고 회자되는 작품 속 인물은 그 자체로 이야기를 상징한다. 누구를 내세워 이야기를 끌고 가고, 주어진 상황을 헤쳐 나갈 것인가. 너무도 당연하지만 매력적인 캐릭터가 등장하지 않으면 그 이야기는 결코 읽히지 않는다.

그런데 종종 '매력적'이라는 말에 천착해 비현실적이고 초인적인 인물을 만드는 데만 몰두한 나머지 정말 중요한 걸 놓치는 습작생들이 있다. 개성과 보편성이 조화를 이룬 인물이어야 한다. 빼어난 외모에 특출한 능력을 지닌 완전무결한 인물은 연민의 대상이 될 수도 없고, 공감을 불러일으킬 수도 없다. 등장인물에 대한 몰입도가 떨어진다면 당연히 이야기의 재미는 반감되기 마련이다.

이거 하나만 기억하자. 독자들은 기본적으로 엿보기를 좋아하는 은밀한 관음증 환자다. 엿보는 대상이 나와는 완전히 동떨어진 인물이라면 그만큼 흥미는 반감된다. 그러므로 독자가 등장인물에 동질감을 느끼고 감정이입을 할 수 있도록 비집고 들어갈 틈을 만들어야 한다. 완벽해 보이는 어떤 인물에게서 생각지도 못한 허점을 발견한다면 우리는 안도감과 만족, 더 나아가서는 인간적인 매력을 느끼게 된다.

미스터리 소설의 등장인물도 마찬가지다. 베스트셀러 시리즈의 주인공들은 모두 예외 없이 트라우마나 인간적인 약점을 안고 있다. 그저 잘나기만 한 인물의 탄탄대로를 걷는 순탄한 성공담에 재미를 느낄 사람은 그리 많지 않다. 개성 넘치는 등장인물을 만들기 위해선 항상 '왜?'라는 물음이 필요하다. 독자들은 궁금해 하기 마련이다. 주인공은 왜 이런 인물이 되었는가. 어떤 히스토리가 있어 이런 인물이 될 수밖에 없었는가.

인물을 소개하고 독자가 그 인물에 대해 아는 과정은 반드시 필요하다. 때로 작중에 드러나지 않더라도 작가 자신은 스스로 만든 인물의 히스토리와 프로필을 알고 있어야 한다. 그렇지 않으면 작품에서 드러나는 캐릭터에 대한 소개가 빈약할 수밖에 없다. 이때 작가는 무조건 친절해야 한다. 내가 만든 캐릭터를 소개할 때 충분히 지면을 할애해야 한다. 누군지도 모르는 종잡을 수 없는 인물에 감정을 이입한다는 건 쉽지 않다. 따라서 뒤로 미루지 말고, 가급적 빨리 서두에 밝혀 주는 게 좋다.

필자는 2008년에 발표한 중편에서 주인공을 소개하는 데 원고지 20매 분량을 할애해서 소설 도입부에 배치했다.

키가 190센티미터에 육박하는 상윤이 처음 카페로 들어섰을 때, 아르바이트생들은 물론이고 다른 손님들까지도 그에게 시선을 집중했다. 마치 사냥에 나선 맹수처럼 느릿느릿하게 걸음을 옮길 때마다 사람들의 이목을 끌어당겼다. 눈매가 부리부리하고 두툼한 입술, 가무잡잡한 피부에서 풍기는 남성적인 매력은 상당히 강렬했다. 거기에 두껍고 탄탄한 가슴근육도 그렇고, 반팔 소매 밖으로 드러난 팔뚝이 웬만한 여성의 허리보다 더 두꺼우니 어쩌면 당연한 반응들인지도 모른다. 확실히, 후천적인 노력도 중요하지만 타고난 하드웨어가 갖는 프리미엄은 결코 무시할 수 없

는 것이다. (중략)

상윤은 강인한 육체미를 과시하듯 일부러 천천히 걸음을 옮기며 누군가를 찾는 것처럼 카페 안을 한 차례 훑어보았다. 이것 역시 사람들의 관심을 끌기 위한 의도된 행동이었다. 사실 처음부터 남자에게 곧바로 걸어가면 될 일이었다. 그를 찾는 것은 그리 어렵지 않았다. 약속한 대로 노란색 트레이닝복을 입고 창가자리에 앉아 있었기 때문에 이미 카페 안으로 들어오기 전부터 알아볼 수 있었다. 그런데도 쇼맨십을 발휘한 이유는 순전히 사람들의 이목을 끌기 위해서였다. (중략)

누군가 상윤에게 '직업이 무엇이냐'고 묻는다면 당연히 '백수'라고 대답할 것이다. 물론 틀림없는 사실이다. 올해 스물여덟 살인 상윤은 현재 뚜렷한 직업을 가지고 있지 않다. 그러나 질문을 조금 바꿔서 '하는 일이 무엇이냐'고 묻는다면 대답은 달라진다.

상윤은 대가를 받고 일반적인 방법으로는 도저히 해결할 수 없는 문제들을 처리해주는 일종의 '해결사'다. (중략)

상윤은 양해도 없이 남자의 맞은편에 앉았다. 그러고는 몸을 뒤로 한껏 기대며 거만한 눈빛으로 남자를 똑바로 쳐다보았다. 시선이 부딪히자 남자는 흠칫 놀라더니 고개를 푹 숙였다. 원래 이 자리에는 선배의 여동생이 나왔어야 했다. 그런데 어디서 아놀드 슈왈제네거 같은 근육질의 남자가 나타나서는 자기 앞에 떡하니 앉았으니 놀라는 것도 당연하다. 남자는 불안한 듯 눈알을 이리저리 굴리며 다리를 가볍게 떨었다. 이런 쪼다 새끼, 떨기는. 상윤은 웃음이 나오는 것을 간신히 참았다.

이렇게 인물에 대한 소개를 마치면 독자는 자연스럽게 주인공의 행보에 관심을 갖게 된다. 이런 인물에게 주어지는 소설 속 임무는 무엇인가. 이 등장인물은 어떤 이야기 속으로 던져지는가. 이런 물음들이 이어진다. 주인공에 대한 관심은 앞으로 펼쳐지는 이야기에 대한 관심으로 옮겨 가는 거다.

주인공을 출발시키는 3단계 상황

이쯤에서 한 번 질문을 바꿔보자. 많은 사람들이 묻는다. 미스터리 소설을 어떻게 써야 하냐고. 대단히 무책임한 발언이지만 글쓰기에는 정도가 없다. 이 질문 자체가 너무 모호하고 막연하다. 그래서 강의를 할 때마다 이 질문을 조금 비틀어보라고 주문한다.

미스터리 소설은 어떻게 시작하면 되는가.

여기에는 두 가지 방법이 있다. 하나는 앞서 이야기한 인물을 소개하는 것이고, 다른 하나는 독자를 이야기 속으로 끌어들이기 위해 덫을 파는 것이다. 즉, 흥미로운 사건을 시작부터 내세우는 것이다. 이때 자주 인용하는 '3단계 상황'이 있다.

1. 천장에서 쿵쿵 발소리가 울린다.

2. 하루, 이틀도 아니고 올라가서 항의해야겠다.

3. 아? 윗집은 지난주에 이사를 가서 지금 빈집이다.

첫 문장과 두 문장이 제시하는 상황은 일상에서 흔히 겪을 수 있는 상황과 심리상태를 보여준다.

연립빌라나 아파트, 다세대와 같이 공동주택에서 사는 사람이라면 누구나 한 번쯤 겪어봤을 층간소음이다. 하루, 이틀도 아니고 층간소음이 반복되면 불편과 불쾌함을 느끼기 마련이고, 결국 인내심에 바닥이 드러나 뭔가 조치를 취해야겠다고 맘먹게 된다. 여기까지는 자연스럽고 일상적인 전개다.

하지만 마지막으로 제시하는 문장에서 상황이 완전히 바뀐다. 윗집은 이미 이사를 가고 아무도 살지 않으니 소음이 일어날 리가 없다. 빈집인데 어떻게? 도둑이라도 들었나? 아니면 귀신과 같은 어떤 초자연적 존재의 장난? 어느 쪽이든 생각만 해도 섬뜩하다. 이렇게 일상과 상식이 뒤집히는 '전복'은 두려움과 호기심, 긴장을 불러일으킨다. 발소리에 대한 의구심이 드는 순간부터 미스터리가 발생하고 독자는 그 의구심을 풀기 위해 주인공을 쫓기 시작한다. 간단한 장치이지만, 효과는 아주 크다.

미스터리라고 해서 이야기의 시작이 굳이 거창할 필요는 없다. 거대한 음모라든가, 반드시 살인이 벌어져야 할 필요도 없다. 사소한 시작도 얼마든지 독자를 이야기 속으로 끌어들일 수 있고 흥미를 유발시킬 수 있다.

주제와 로그라인

매력적인 인물도 만들었고 근사한 출발을 했다면, 이제 어떤 이야기를 다룰 것인지에 대한 고민을 할 차례다.

습작을 시작하는 사람들은 종종 '새로운 이야기'라는 말이 주는 함정에 빠지곤 한다. 독자는 완전히 새로운 이야기를 바라지 않는다. 그런 집착은 낯선 이야기만 쓰게 되고 결국에는 독자를 밀어낸다. 오히려 익숙하고 아는 이야기 속에서 풀어가야 한다. 그러므로 소재도 주변에서 찾는 게 좋다. 기사를 스크랩하는 건 좋은 습관이다. 사회면 기사를 보고, 뉴스에서 소재를 따오는 건 당연하고, 꾸준한 독서도 큰 도움이 된다. 특별한 이야기를 쓰겠다는 욕심은 버려라. 생경함은 거부감만 줄 뿐이다.

필자가 2008년에 앤솔로지에 수록한 작품의 소재는 게임 중독과 스토커였다. 작중 스토커는 아이디를 빌린 사촌동생을 여주인공이라고 오해하고 아이템을 대신 사주고 사이버 스페이스에서 가상 결혼식까지 올린다. 그리고 그 집착이 점점 커져서 현실에서의 스토킹으로 이어진다. 이 소재도 스크랩한 몇 개의 기사를 취합해서 얻었다. 여기에 살을 붙이고 이야기를 구성한 뒤, 그 무대에 어울리는 주인공을 등장시켜서 완성했다. 익숙한 몇 개의 단서를 던져주고 그 안에서 자기만의 이야기를 쓸 수 있다면 금상첨화다. 이야기의 소재를 얻는 방법은 그리 대단한 게 아니다.

다양한 분야에 대한 관심도 중요하지만, 무엇보다 사람에 대한 관심과 이해가 선행되어야 한다. 이야기는 결국 사람(등장인물)이 있어야 생명을 얻는다. 독자가 감정이입하는 대상도 바로 인물이고, 이야기를 이끌어가는 동력도 인물이다. 그러니 인물과 이야기와 배경과 소재는 따로 놓고 생각할 수 없다. 한 몸과도 같다.

하지만 절대로 간과해서 안 되는 것은, 작가가 인물을 통해 무엇을 말하고 싶은지를 분명히 해야 한다는 것이다. 그래서 '주제'와 '로그라인'이 중요하다. 이 두 가지가 명확하지 않으면 나침반 없이 안개 속을 헤매는 것과 같다. 반대로 이 두 가지가 명확하면 소설 쓰기는 그만큼 수월해진다. 자기가 쓰고자 하는 이야기의 노선이 명확해진다는 이야기다. 습작을 하는 사람들이 가장 놓치는 부분이 바로 '주제'와 '로그라인'을 무시하다가 결국에는 이야기가 산으로 가서 뭘 쓰는지 자신도 모르게 된다는 거다.

소설은 첫 장면에서부터 마지막까지 등장인물에게 끊임없이 '왜?'라는 질문을 한다.

왜, 그 장소에 있는가.

왜, 그 일을 시작했는가.

왜, 그런 행동을 했는가.

왜, 그와 그런 관계를 맺었는가.

이런 질문들의 근간에 '주제'와 '로그라인'이 있다.

여기까지 미스터리 소설 쓰기에 있어 정말 몇 가지만 이야기를 해봤다. 물론 이게 전부는 아니다.

멋진 미스터리(혹은 소설)를 쓰고 싶다는 욕구는 누구에게나 있다. 방법론에 대해서 몇 가지 언급했지만 사실 그것보다 더 중요한 게 있다. 머리로 백날 구상하고 고민해봐야 별 도움이 되지 않는다. 메모장에 끄적거리고 머리를 싸매도 갈 길이 멀다. 미스터리를 쓰고 싶다면 생각만 하지 말고 일단 쓰기 시작하라.

소설 쓰기는 장르를 막론하고 경험이 중요하다. 몸으로 체득하지 않으면 아무리 방법을 제시해도 수박 겉핥기나 다름없다. 고민은 습작을 쓰고 한 뒤에도 늦지 않다. 미스터리를 쓰고 싶은가? 그럼 고민은 잠시 멈추고, 지금 당장 자판을 두드리기 시작하라.

시체를 발견하는 장면으로 시작하든, 어떤 여인이 위협받는 장면을 넣든, 흉가에 귀신이 출몰하든, 그런 건 아무래도 좋다. 정말 중요한 건, 집필을 시작한다는 것이다.

그 외 체크 포인트

· 시중에 유명한 추리소설에 쓰인 트릭을 소개하는 서적이 많다. 탐독하라.

· 인물은 몇 번을 강조해도 부족하다. 연구하고 또 연구하라.

· 배경(설정)에 집착하지 마라. 그래봐야 작품에서 보여지는 건 별로 없다.

· 꾸준히 써라. 그리고 일단 마무리를 지어라. 100번 쓰다 만 것보다 1번이라도 탈고하는 게 더 낫다.

· 메모하는 습관을 가져라. 번뜩이는 아이디어는 두 번 찾아오지 않는다.

· 주인공은 중요하다. 하지만 그의 가치는 다른 인물을 통해서 드러난다.

· 자기가 하고 싶은 이야기가 무엇인지 분명히 알아야 한다.

· 처음부터 다 보여줘라. 반전을 위해 감추는 건 대단한 착각이다. 독자는 인내심이 없다.

· 이야기의 핵심은 단순한 게 좋다. 이리저리 꼬아봐야 쓰는 사람도, 읽는 사람도 머리만 아프다.

· 등장인물들의 동선과 관계를 연표 짜듯 정리한다.

· 전체 이야기 안에서 터닝 포인트는 몇 번, 어디에 둘 것인가.

· 내가 이 글을 통해 하고자 하는 이야기와 등장인물의 동선은 얼마나 일치하는가.

· 어떻게 시작할 것이며, 어떤 식으로 끝맺을 건인가.

· 에피소드 간의 균형은 잘 이뤄졌는가? 아니면 편중되었는가.

미스터리를 이해하는 데
도움이 되는 책

미스터리 장르를 이해하는 데 도움이 되는 책

『블러디 머더』줄리안 시먼스 지음, 김명남 옮김, 을유문화사, 2012
추리소설의 역사를 알고 싶을 때

『죽이는 책』존 코널리 외 엮음, 김용언 옮김, 책세상, 2015
지금 활동하는 외국의 추리 작가들이 자신이 좋아하는 작품에
대해 쓴 해설을 모은 책

『라인업』데이비드 모렐 외, 박산호 옮김, 랜덤하우스코리아, 2011
뉴욕의 추리소설 전문서점에서 작가들에게 부탁하여 자신의
캐릭터를 어떻게 만들었는지 써달라고 한 원고를 모은 책

『하드보일드 센티멘털리티』레너드 카수토 지음, 김재성 옮김, 뮤진트리, 2011
하드보일드 장르에 대해 더 알고 싶다면

『킬러, 형사, 탐정클럽』 외르크 폰 우트만 지음, 김수은 옮김, 열대림, 2007
범죄역사와 미스터리 소설의 상관관계를 한눈에 보고 싶다면

『탐정사전』 김봉석 외 지음, 프로파간다, 2014
현존하는 모든 창작물의 탐정들, 레퍼런스로 좋은 서적

『코난 도일을 읽는 밤』 마이클 더다 지음, 김용언 옮김, 을유문화사, 2013
탐정소설을 쓰는 데 필요한 A to Z

범죄 수사에 대한 책

『모든 살인은 증거를 남긴다』 브라이언 이니스 지음, 이경식 옮김, 휴먼앤북스, 2005

『프로파일링』 브라이언 이니스 지음, 이경식 옮김, 휴먼앤북스, 2005

『범죄의 현장』 리처드 플랫 지음, 안재권 옮김, 해나무, 2005

『살인의 현장』 브라이언 이니스 지음, 이용완 · 이경식 옮김, 휴먼앤북스, 2006

『심령수사』 제니 랜들스 외 지음, 이경식 옮김, 휴먼앤북스, 2009

『프로파일러』 팻 브라운 지음, 하현길 옮김, 시공사, 2011

『연쇄 살인범 파일』 헤럴드 셰터 지음, 김진석 옮김, 휴먼앤북스, 2007

『연쇄 살인범 지도 매핑』 브렌다 랠프 루이스 지음, 이경식 옮김, 휴먼앤북스, 2011

『한국의 연쇄 살인』 표창원 지음, 랜덤하우스코리아, 2005

『한국의 연쇄 살인범 X 파일』 양원보 지음, 휴먼앤북스, 2014

『마인드 헌터』 존 더글라스 · 마크 올셰이커 지음, 이종인 옮김, 비채, 2006

『모든 범죄는 흔적을 남긴다』 마크 베네케 지음, 김희상 옮김, 알마, 2008

『연쇄 살인범의 고백』 마크 베네케 지음, 송소민 옮김, 알마, 2008

『살인 본능』 마크 베네케 지음, 김희상 옮김, 알마, 2009

『한국의 시체 일본의 사체』 문국진 · 우에노 마사히코 지음, 문태영 옮김, 해바라기, 2003

『미술과 범죄』 문국진 지음, 예담, 2006

『과학수사로 보는 범죄의 흔적』 유영규 지음, 알마, 2013

『보이지 않는 진실을 보는 사람들』 정희선 지음, 알에이치코리아, 2015

『직장으로 간 사이코패스』 폴 바비악 · 로버트 D. 헤어 지음, 이경식 옮김, 랜덤하우스코리아, 2007

『이웃집 사이코패스』 폴 롤랜드 지음, 최수목 옮김, 동아일보사, 2010

읽을 만한 작품들

추리물의 고전

『바스커빌 가문의 개』 아서 코난 도일 지음, 백영미 옮김, 황금가지, 2002

『그리고 아무도 없었다』 애거서 크리스티 지음, 김남주 옮김, 황금가지, 2013

『오리엔트 특급 살인』 애거서 크리스티 지음, 신영희 옮김, 황금가지, 2013

『Y의 비극』 엘러리 퀸 지음, 서계인 옮김, 검은숲, 2013

『그리스 관 미스터리』 엘러리 퀸 지음, 김희균 옮김, 검은숲, 2012

『파일로 밴스의 고뇌』 S.S. 반 다인 지음, 박인용 옮김, 북스피어, 2009

『파일로 밴스의 정의』 S.S. 반 다인 지음, 김상훈 옮김, 북스피어, 2009

『에도가와 란포 전단편집』(전3권) 에도가와 란포 지음, 김소영 외 옮김, 도서출판두드림

『옥문도』 요코미조 세이시 지음, 정명원 옮김, 시공사, 2005

『이누가미 일족』 요코미조 세이시 지음, 정명원 옮김, 시공사, 2008

하드보일드

『붉은 수확』 대실 해밋 지음, 김우열 옮김, 황금가지, 2012

『빅 슬립』 레이먼드 챈들러 지음, 박현주 옮김, 북하우스, 2004

『리틀 시스터』 레이먼드 챈들러 지음, 박현주 옮김, 북하우스, 2005

『소름』 로스 맥도날드 지음, 김명남 옮김, 엘릭시르, 2015

『내가 심판한다』 미키 스필레인 지음, 박선주 옮김, 황금가지, 2005

사회파

『짐승의 길』 마쓰모토 세이초 지음, 김소연 옮김, 북스피어, 2012

『인간의 증명』 모리무라 세이치 지음, 최고은 옮김, 검은숲, 2012

『와일드 소울』 가키네 료스케 지음, 정태원 옮김, 영림카디널, 2005

신본격

『십각관의 살인』 아야츠지 유키토 지음, 양억관 옮김, 한스미디어, 2005

『점성술 살인 사건』 시마다 소지 지음, 한희선 옮김, 시공사, 2006

『잘린 머리에게 물어봐』 노리즈키 린타로 지음, 최고은 옮김, 비채, 2010

형사, 경찰

『블랙 에코』 마이클 코넬리 지음, 김승욱 옮김, 알에이치코리아, 2015

『신주쿠 상어』 오사와 아리마사 지음, 김성기 옮김, 노블마인, 2009

『불안한 남자』 헨닝 망켈 지음, 신견식 옮김, 곰, 2013

『레오파드』 요 네스뵈 지음, 노진선 옮김, 비채, 2012

『콜드 그래닛』 스튜어트 맥브라이드 지음, 박산호 옮김, 알에이치코리아, 2013

『64』 요코하마 히데오 지음, 최고은 옮김, 검은숲, 2013

『스트로베리 나이트』 혼다 테쓰야 지음, 한성례 옮김, 씨엘북스, 2012

『살의 쐐기』에드 맥베인 지음, 박진세 옮김, 피니스아프리카에, 2013

『경관의 피』사사키 조 지음, 김선영 옮김, 비채, 2015

탐정 + 아마추어 탐정

『비를 바라는 기도』데니스 루헤인 지음, 조영학 옮김, 황금가지, 2006

『내가 죽인 소녀』하라 료 지음, 권일영 옮김, 비채, 2009

『살인자에게 정의는 없다』조지 펠레카노스 지음, 조영학 옮김, 황금가지, 2007

『무덤으로 향하다』로렌스 블록 지음, 박산호 옮김, 황금가지, 2009

『이름 없는 독』미야베 미유키 지음, 권일영 옮김, 북스피어, 2007

'이케부쿠로 웨스트 게이트 파크' 시리즈, 이시다 이라 지음, 김성기 외 옮김,

황금가지

여성 형사·탐정

『원 포 더 머니』자넷 에바노비치 지음, 류이현 옮김, 시공사, 2006

『데드 조커』안네 홀트 지음, 배인섭 옮김, 펄프, 2012

『제한 보상』새러 패러츠키 지음, 황은희 옮김, 검은숲, 2013

『레베카』대프니 듀 모리에 지음, 이상원 옮김, 현대문학, 2013

『아웃』기리노 나쓰오 지음, 김수현 지음, 황금가지, 2007

『조화의 꿀』렌조 미키히코 지음, 김은모 옮김, 북홀릭, 2012

『히토리 시즈카』혼다 테쓰야 지음, 한성례 옮김, 씨엘북스, 2013

『나오미와 가나코』오쿠다 히데오 지음, 김해용 옮김, 예담, 2015

액션 스릴러

『탄착점』스티븐 헌터 지음, 하현길 옮김, 시공사, 2010

『사라진 내일』리 차일드 지음, 박슬라 옮김, 오픈하우스, 2010

『아파치』 로렌조 카르카테라 지음, 최필원 옮김, 펄스, 2015

『워치맨』 로버트 크레이스 지음, 최필원 옮김, 에버리치홀딩스, 2010

역사 미스터리

『로마 서브 로사』 스티븐 세일러 지음, 박웅희 옮김, 추수밭, 2009

『차일드 44』 톰 롭 스미스 지음, 박산호 옮김, 노블마인, 2015

『외딴집』 미야베 미유키 지음, 김소연 옮김, 북스피어, 2007

『토로스 & 토르소』 크레이그 맥도널드 지음, 황규영 옮김, 북폴리오, 2012

『아메리칸 타블로이드』 제임스 엘로이 지음, 조영학 옮김, 알에이치코리아, 2015

첩보

『어벤저』 프레데릭 포사이드 지음, 이창식 옮김, 랜덤하우스코리아, 2007

『스마일리의 사람들』 존 르 카레 지음, 조영학 옮김, 알에이치코리아, 2013

『침저어』 소네 케이스케 지음, 권일영 옮김, 예담, 2013

『전몰자의 날』 빈스 플린 지음, 이영래 옮김, 알에이치코리아, 2012

『본 아이덴티티』 로버트 러들럼 지음, 최필원 옮김, 문학동네, 2011

『에토로후 발 긴급전』 사사키 조 지음, 김선영 옮김, 시작, 2009

반영웅

『사냥꾼』 리차드 스타크 지음, 전행선 옮김, 알에이치코리아, 2015

『런던 대로』 켄 브루언 지음, 박현주 옮김, 시공사, 2011

『사형집행인』 존 D. 맥도널드 지음, 곽유리 옮김, 정경출판사, 1994

사이코패스

『음흉하게 꿈꾸는 덱스터』 제프 린제이 지음, 최필원 옮김, 비채, 2006

『아메리칸 사이코』 브렛 이스턴 앨리스, 이옥진 옮김, 황금가지, 2009

『검은 집』 기시 유스케 지음, 이선희 옮김, 창해, 2004

『양들의 침묵』 로버트 해리스 지음, 이윤기 옮김, 창해, 2006

서술 트릭

『이니시에이션 러브』 이누이 구루미 지음, 서수지 옮김, 북스피어, 2009

『천계살의』 나카마치 신 지음, 현정수 옮김, 비채, 2015

법정극

『탄환의 심판』 마이클 코넬리 지음, 김승욱 옮김, 알에이치코리아, 2015

『의뢰인』 존 그리샴 지음, 정영목 옮김, 시공사, 2004

범죄 조직

『개의 힘』 돈 윈슬로 지음, 김경숙 옮김, 황금가지, 2012

『이지 머니』 옌스 라피두스 지음, 이정아 옮김, 황금가지, 2013

강탈

『록 아티스트』 스티브 해밀턴 지음, 이미정 옮김, 문학수첩, 2015

『대회화전』 모치즈키 료코 지음, 엄정윤 옮김, 황금가지, 2013

법의학

『법의관』 퍼트리샤 콘웰 지음, 유소영 옮김, 랜덤하우스코리아, 2010

『본즈』 캐시 라익스 지음, 강대은 옮김, 비채, 2007

실화

『인 콜드 블러드』 트루먼 카포티 지음, 박현주 옮김, 시공사, 2013

『화이트 시티』 에릭 라슨 지음, 양은모 옮김, 은행나무, 2004

라이트 노벨

『빙과』 요네자와 호노부 지음, 권영주 옮김, 엘릭시르, 2013

『잘린 머리 사이클』 니시오 이신 지음, 현정수 옮김, 학산문화사, 2006

단편집

『귀동냥』 나가오카 히로키 지음, 추지나 옮김, 레드박스, 2013

『회귀천 정사』 렌조 미키히코 지음, 정미영 옮김, 시공사, 2011

한국 작품

『아린의 시선』 서미애 지음, 한스미디어, 2015

『B컷』 최혁곤 지음, 황금가지, 2006

『라일락 붉게 피던 집』 송시우 지음, 시공사, 2014

『유다의 별』 도진기 지음, 황금가지, 2014

'선암여고 탐정단' 시리즈, 박하익 지음, 황금가지

매력적인 캐릭터, 그 시리즈의 첫 작품들

'켄지 & 제나로' 시리즈

『전쟁 전 한 잔』 데니스 루헤인 지음, 조영학 옮김, 황금가지, 2009

'메튜 스커더' 시리즈

『아버지들의 죄』 로렌스 블록 지음, 박산호 옮김, 황금가지, 2012

'잭 리처' 시리즈

『추적자』 리 차일드 지음, 안재권 옮김, 랜덤하우스코리아, 2008

'가가 형사' 시리즈

『졸업』 히가시노 게이고 지음, 양윤옥 옮김, 현대문학, 2009

'덱스터' 시리즈

『음흉하게 꿈꾸는 덱스터』 제프 린제이 지음, 최필원 옮김, 비채, 2006

'미치 랩' 시리즈

『권력의 이동』 빈스 플린 지음, 이창식 옮김, 랜덤하우스코리아, 2010

'행복한 탐정' 시리즈

『누군가』 미야베 미유키 지음, 권일영 옮김, 북스피어, 2015

'가나리야 마스터' 시리즈

『꽃 아래 봄에 죽기를』 기타모리 고 지음, 박정임 옮김, 피니스아프리카에, 2012

'긴다이치 코스케' 시리즈

『혼진 살인사건』 요코미조 세이시 지음, 정명원 옮김, 시공사, 2011

'링컨 라임' 시리즈

『본 콜렉터』 제프리 디버 지음, 유소영 옮김, 랜덤하우스코리아, 2009

'해리 보슈' 시리즈

『블랙 에코』 마이클 코넬리 지음, 김승욱 옮김, 랜덤하우스코리아, 2015

작법서

『스토리 메이커』 오쓰카 에이지, 북바이북

초심자가 구성을 배우기에 좋은 스토리텔링 이론서

『캐릭터 메이커』 오쓰카 에이지, 북바이북

초심자도 쉽게 매력적인 캐릭터를 만드는 방법을 알려주는 이
론서

『이야기 체조』 오쓰카 에이지, 북바이북

소설 쓰기의 기초 체력을 키우는 방법을 알려주는 책.

국립중앙도서관 출판예정도서목록(CIP)

웹소설 작가를 위한 장르 가이드. 3, 미스터리 / 지은이: 김봉석, 이상민. ─ 서울 : 북바이북, 2015
  p. ;   cm

권말부록: 미스터리 장르를 이해하는 데 도움이 되는 책
ISBN 979-11-85400-22-8 04800 : ₩9800
ISBN 979-11-85400-19-8 (세트) 04800

문학 장르[文學─]

802.3-KDC6
808.3-DDC23   CIP2015033531

웹소설 작가를 위한 장르 가이드 3

미스터리

2015년 12월 10일 1판 1쇄 인쇄
2015년 12월 20일 1판 1쇄 발행

지은이   김봉석, 이상민
펴낸이   한기호
펴낸곳   북바이북
       출판등록 2009년 5월 12일 제313-2009-100호
       주소 121-839 서울시 마포구 서교동 484-1 삼성빌딩A동 2층
       전화 02-336-5675 팩스 02-337-5347
       이메일   kpm@kpm21.co.kr
       홈페이지 www.kpm21.co.kr

ISBN 979-11-85400-22-8 04800
       979-11-85400-19-8 (세트)

북바이북은 한국출판마케팅연구소의 임프린트입니다.
책값은 뒤표지에 있습니다.